EEN KLEIN GEHEIM

Kate Saunders

Een klein geheim

Vertaald door Sofia Engelsman

Gottmer · Haarlem

Kijk voor meer informatie over de kinder- en jeugdboeken van
de Gottmer Uitgevers Groep op **www.gottmer.nl**

© 2006 Kate Saunders
Oorspronkelijke titel: *The little secret*
Oorspronkelijke uitgever: Macmillan Publishers Limited, Londen

Voor het Nederlandse taalgebied:
© 2007 Uitgeverij J.H. Gottmer / H.J.W. Becht BV, Postbus 317,
2000 AH Haarlem (e-mail: post@gottmer.nl)
Uitgeverij J.H. Gottmer / H.J.W. Becht BV is onderdeel van
de Gottmer Uitgevers Groep BV

Vertaling: Sofia Engelsman, Bloemendaal
Zetwerk: Rian Visser, Haarlem
Omslagillustratie: Charlotte Dematons
Omslagontwerp en binnenwerk: Rian Visser Grafisch Ontwerp
Druk en afwerking: Drukkerij Hooiberg, Epe

ISBN 978 90 257 4216 4 / NUR 282/283

Voor Tom, George, Felix, Elsa, Claudia en Max

Met medewerking van Johann Wolfgang von Goethe

Dit verhaal is geïnspireerd op het reisverhaal dat wordt verteld
achter in Goethes roman *Wilhelm Meisters leerjaren*

'Silver Threads Among the Gold',
E.E. Rexford en H.P. Danks, 1873

Het nieuwe meisje

Op maandagmorgen was er een nieuw meisje in Annes klas. Ze stond voor in het lokaal, naast juffrouw Burs. 'Luister eens, allemaal,' zei juffrouw Burs. 'Dit is Staffa. Ze komt voor een paar weken bij ons in de klas, tot het einde van het jaar.'

'Hoe maken jullie het?' zei Staffa.

Iedereen staarde haar aan. Anne had nog nooit zo'n gek meisje als Staffa gezien. Ze was waarschijnlijk elf jaar, net als de rest van de klas. Maar ze was zo klein als een kind van acht, en heel mager. Haar lange glanzende zwarte haar hing in twee vlechten op haar rug. Haar huid was spierwit, en je kon de blauwe aders zien op haar dunne armpjes. Ze droeg een nette jurk van donkerrood fluweel, witte sokken en glimmende zwarte schoenen. Anne vond dat ze eruitzag als die ouderwetse kinderen in boeken over de Tweede Wereldoorlog. Ellie en Angela, de twee andere meisjes in de klas, zaten achter hun hand te giebelen.

Staffa staarde zonder te knipperen terug. Verlegen was ze in elk geval niet. Aandachtig bekeek ze alle gezichten in de klas. Daar was ze niet lang mee bezig. De basisschool van Lumpton was heel klein. Net als het stadje zelf, dat eigenlijk niet meer dan een dorp was. In de hele zesde klas zaten maar zes kinderen.

'Welkom op onze school, Staffa,' zei juffrouw Burs.

'Vertel ons eens iets over jezelf.'

'Er valt niet zo veel te vertellen,' zei Staffa. 'Ik ben ergens heel ver weg opgegroeid, helemaal in het uiterste noorden. Mijn moeder en ik zijn aan het reizen door het hele land. We maken onze jaarlijkse tocht langs allerlei interessante plekken. We willen hier graag een tijdje uitrusten, voordat we de lange reis naar huis aanvaarden. En ik koester de hoop dat ik hier een nieuwe beste vriendin kan vinden.'

Staffa's stem klonk hoog en kinderlijk, maar ze sprak als een deftige en nogal geschifte oude dame. Wat ze zei klonk echt bespottelijk, en de hele klas zat nu te giechelen. Anne probeerde haar gezicht in de plooi te houden, omdat ze het gemeen vond om de nieuwe uit te lachen, maar zelfs juffrouw Burs kon een glimlach niet onderdrukken.

'Dank je, Staffa. Ik weet zeker dat je veel nieuwe vrienden zult maken.'

'O, ik wil er maar eentje,' zei Staffa.

Het gegiechel werd luider.

'Stil, jullie!' waarschuwde juffrouw Burs.

Staffa leek het helemaal niet erg te vinden dat de klas om haar lachte. Ze glimlachte vriendelijk. 'Maakt u zich over mij maar geen zorgen, juffrouw Burs. Ik heb tot nu toe een rijk en afwisselend bestaan gekend, en ik ben dus gewend aan allerlei nieuwe ervaringen. Zal ik naast die jongen met het rode haar gaan zitten?'

'Die jongen met...? O, je bedoelt Anne!'

De hele klas barstte nu in luid gelach uit.

Anne bloosde zo hevig dat ze het gevoel had dat haar oren in brand stonden. Dat vreemde nieuwe meisje had haar voor een jongen aangezien, en ook nog een opmerking over haar haren gemaakt. Iets ergers had ze niet kunnen zeggen. De twee dingen waar Anne het meest onder leed, waren haar rode haren en het feit dat ze altijd jongenskleren aan moest.

'Anne is zeker geen jongen,' zei juffrouw Burs, met een vriendelijke blik naar Anne en een strenge blik naar de rest van de klas. 'Waarschijnlijk dacht je dat omdat ze haar mooie haar in een staartje heeft.'

'Maar ze heeft jongenskleren aan,' zei Staffa. Ze wees naar Annes shirt, waarop het logo van een bekende voetbalclub stond. 'Ze draagt een voetbaltenue.'

Weer klonk er luid gelach. De jongens achterin schreeuwden 'voetbaltenue!' met aanstellerige, deftige stemmen.

Juffrouw Burs zei dat ze hun mond moesten houden, maar ook zij kon haar lachen niet inhouden. 'Ik weet niet waar jij de afgelopen vijftig jaar hebt uitgehangen, Staffa. Tegenwoordig is het heel normaal als meisjes voetbalkleren dragen. Kijk.' Ze zette haar voet op een stoel, trok haar broekspijp omhoog en toonde de klas haar sok waarop het logo van een andere bekende club stond. 'Zelfs oude schooljuffen doen eraan mee.'

Langzaam verdween de vuurrode gloed van Annes

gezicht. Ze was juffrouw Burs dankbaar dat ze de aandacht had afgeleid, maar daar had ze niet veel aan als het nieuwe meisje uitgerekend naast haar kwam zitten. Het was de enige plek die nog vrij was.

Staffa nam de lege plek naast Anne in. 'Gut, dit is echt reuze gezellig,' zei ze. Ze opende een ouderwetse bruine leren schooltas en begon er potloden en papier uit te halen. 'Het spijt me oprecht dat ik dacht dat je een jongen was.'

'Goed, kinderen,' zei juffrouw Burs. 'Laten we maar beginnen.'

'Ja, gaat u vooral verder met de les,' zei Staffa. 'Om mij hoeft u zich verder niet te bekommeren.'

Ze sprak tegen juffrouw Burs alsof ze iemand van het koningshuis was, die een officieel bezoek aflegde.

Anne had liever gewild dat het nieuwe meisje ergens anders was gaan zitten. Aan de andere kant was ze ook wel nieuwsgierig. Staffa was klein en droeg rare, kinderachtige kleren, maar toch leek ze helemaal niet op een kind.

Staffa vulde snel en netjes haar sommen in. Toen ze die aan het eind van de les inleverde, zei ze: 'Mijn excuses voor de ontbrekende antwoorden, juffrouw Burs. Staartdelingen zijn altijd al mijn achilleshiel geweest.'

In de pauze ging Staffa op het lage muurtje rondom het schoolplein zitten. Ze haalde een thermosfles uit haar schooltas en schonk voor zichzelf een kop sterke zwarte koffie in. Anne vond het vreselijk stinken. Het maakte haar wel nieuwsgierig. Welk kind van elf dronk er nou zwarte koffie?

Ellie en Angela riepen Anne naar hun hoekje van het schoolplein. Normaal gesproken waren die twee altijd druk aan het smiespelen. Anne lieten ze altijd links liggen. Maar vandaag hadden ze haar nodig, om samen over Staffa te kunnen smiespelen.

Ellie zei: 'Zo'n jurk zou ik echt nooit aantrekken. Het lijkt wel een gordijn.'

Angela zei: 'Haar schoenen zijn ook heel stom. Van die kleuterschoenen. En ze heeft ook een stomme naam.'

'Ik vind haar naam wel mooi,' zei Anne. Ze was eigenlijk verbaasd dat ze het wilde opnemen voor het nieuwe meisje. 'Hij is anders.'

'O, ja, alsof jij zo'n goede smaak hebt,' zei Ellie vol minachting.

'Annie!' Mark en Paul, Annes broertjes, schreeuwden naar haar vanaf de andere kant van het schoolplein. 'Kom je voetballen? We hebben nog één man nodig!'

Angela giechelde. 'Weet Staffa al dat je een meisje bent?'

'Ze denkt dat je een jongen met rood haar bent,' zei Ellie. 'Waarschijnlijk valt ze op je.'

Anne trok een boos gezicht en rende weg om mee te voetballen. Ze haatte Ellie en Angela. Het leek wel of die twee elk jaar stommer werden. Ze konden alleen maar praten over make-up en kleren.

Was dat nieuwe meisje maar iemand geweest met wie

ze een normaal gesprek kon voeren.

Maar Staffa leek helemaal niet te willen praten. De rest van de pauze zat ze van haar koffie te nippen en op haar horloge te kijken. Toen ze terug waren in het lokaal, zat ze voortdurend te gapen en uit het raam te staren.

Tussen de middag vroeg ze aan Anne: 'Ik neem aan dat die lucht van ongewassen sokken ons middagmaal aankondigt?'

Daar moest Anne om lachen. De schoollunch rook inderdaad naar vieze sokken. 'Het smaakt best goed,' zei ze. 'Ik zal je laten zien waar we heen moeten.' Iemand moest toch voor Staffa zorgen?

En kennelijk ben ik die iemand, dacht Anne een beetje nors, omdat niemand anders het doet. Dat heb ik weer, dat ik word opgezadeld met zo'n mafkees.

Ze leidde Staffa naar de kantine. Staffa liep meteen naar een van de lange tafels en ging zitten. 'Is er een kaart?' vroeg ze. 'Of dien ik de serveerster te vragen wat er op het menu staat?'

Anne proestte het bijna uit. Dat kind was echt ongelooflijk. Staffa had geluk dat niemand anders haar had gehoord. 'We gaan pas zitten als we ons eten hebben,' legde ze uit. 'We moeten in de rij staan, voor dat loket daar.'

Staffa was gefascineerd. Ze vond het geweldig om in de rij te staan. Ze vond het geweldig om te kijken hoe de kantinedames de borden volschepten met stukjes kip, witte bonen in tomatensaus en enorme bergen friet. Ze vond ook de schoolfrietjes geweldig. 'Die gesneden aardappels zijn echt zalig! En wat slim om die flessen met saus naast de bakken met bestek te zetten!'

Anne vroeg zich af op wat voor school Staffa had gezeten. Vast een heel chique, als ze daar menukaarten hadden en serveersters.

'Dit is een heel efficiënte manier om grote aantallen mensen te voeden,' zei Staffa enthousiast. 'Dat moet ik mijn moeder vertellen. Ze probeert altijd te bezuinigen op de kosten van de personeelskantine.'

Anne wenste dat Staffa haar mond zou houden. Zag ze niet dat alle anderen haar aanstaarden en over haar zaten te fluisteren? Het was echt heel gênant.

Toen Staffa haar frietjes ophad, veegde ze haar mond af met een kanten zakdoekje. Daarna stond ze op. 'Laten we onze koffie buiten opdrinken.'

Anne zei: 'Wacht even, we kunnen niet zomaar naar buiten gaan. We moeten eerst de vieze borden naar het loket brengen.'

Staffa was verbaasd. 'Echt waar? Doet het personeel dat dan niet?'

Helaas had iedereen aan tafel die opmerking wél gehoord.

Een van de jongens – een heel nare jongen die David Budder heette – schreeuwde: 'Waar denk je dat je bent? Zweinstein?'

Staffa's lichte, koele ogen stonden rustig. 'Wil je me dat alsjeblieft even uitleggen? Ik heb werkelijk geen idee waar je het over hebt.'

'O, wat ben ik toch een deftige trut!' zei David met een hoog piepstemmetje.

'Laat haar met rust,' zei Anne.

'Wat kan het jou schelen? Heb je verkering met haar, of zo?'

'Ze kan het niet helpen dat ze anders is,' zei Anne, met een woedende blik. 'Laat haar met rust, Budder. Je hebt toch geen last van haar?'

Ze stond op, bracht de borden naar het loket en sleurde Staffa bijna mee naar buiten, het schoolplein op.

'Bedankt dat je het voor me opnam,' zei Staffa.

'Niets te danken. Maar misschien moet je proberen een beetje minder – ik bedoel, niet zo...' Anne probeerde de juiste woorden te vinden.

Staffa glimlachte. 'Het komt door de manier waarop ik praat, nietwaar? Maak je geen zorgen, ik voel me niet beledigd. Ik merk heus wel dat je aardig bent, Anne.' Haar spitse poppengezicht straalde blijdschap uit. 'Volgens mij ben jij precies de vriendin die ik zocht!'

De rest van de dag hield Staffa Anne voortdurend in de gaten. Het is heel ongemakkelijk als er steeds iemand pal naast je naar je zit te staren. Elke keer als Anne opkeek, bevonden Staffa's kleurloze ogen zich op luttele centimeters afstand. En ze glimlachte steeds samenzweerderig naar Anne, alsof ze ineens beste vriendinnen waren. Maar Anne wist helemaal niet zo zeker of ze Staffa's beste vriendin wilde zijn.

Dat gelach en dat gestaar was gewoon griezelig. Ze

was dan ook opgelucht toen het tijd was om naar huis te gaan.

Anne trof haar broertjes in de menigte schoolkinderen bij het grote hek. Uitgelaten sloegen ze elkaar om de oren met hun rugzakken. Mark en Paul, een identieke tweeling van acht jaar, waren altijd makkelijk te herkennen aan hun enorme, woeste bos witblond haar.

'Kom op,' zei ze. 'Laten we gaan!' Ze rende bijna het hek door.

'Hé, rustig aan!' schreeuwde Paul.

Op straat trok Mark aan Annes mouw. 'Waarom gaat zíj mee?'

Anne draaide zich om en daar was Staffa, vlak achter haar. Ze zag er opeens nog kleiner uit – nauwelijks groter dan de tweeling – en bijna angstaanjagend breekbaar. Anne voelde haar woede wegebben. Ze kon toch moeilijk gaan staan schreeuwen tegen iemand die eruitzag alsof een zuchtje wind haar omver zou blazen.

Ze haalde diep adem. 'Luister, Staffa, je werkt me al de hele dag op mijn zenuwen. En nu loop je me ook nog achterna. Waarom?'

'Ik was van plan met je mee naar huis te lopen,' zei Staffa.

'Heb je zelf geen huis dan?'

'Jawel, maar dat is heel ver weg.' Even keek Staffa verdrietig. 'Mijn moeder en ik verblijven momenteel in de stad.'

Ze bedoelde de grote stad iets verderop, waar winkels

waren en een wekelijkse markt. 'Moeder is vast nog niet terug. En het is zo saai om in een lege hotelkamer thuis te komen.'

Anne had medelijden met haar. 'Wil je dan thee komen drinken?'

Staffa glimlachte. 'Heel graag.'

De jongenstuin

Staffa en Anne liepen zwijgend verder. Staffa glimlachte nog steeds, en Anne voelde zich ongemakkelijk. Ze had de uitnodiging eruit geflapt zonder erbij na te denken, en ze wenste nu dat er meer tijd was om haar familie voor te bereiden. Het was thuis altijd zo'n rotzooi. Zo'n deftig, keurig meisje als Staffa zou er vast enorm van schrikken.

'Ik moet je wel even waarschuwen,' zei ze. 'Het is nogal een rommel bij ons.'

'Mijn beste Anne,' zei Staffa. 'Ik weet zeker dat ik jullie huis bijzonder charmant zal vinden.'

Ze vervielen weer in stilzwijgen. Mark en Paul renden een eindje vóór hen, waarbij ze hun rugzakken als stoffige voetballen voor zich uitschopten.

Annes familie woonde in een sjofel huis, omringd door sjofele weilanden, helemaal aan de rand van het dorp. Je kon er alleen komen langs een pad waaraan geen andere huizen stonden. Toen ze dat pad insloegen, begon Staffa te kletsen.

'Het spijt me heus dat ik je per ongeluk aanzag voor een jongen.' Ze stak haar arm door die van Anne. 'Maar waarom moet je jongenskleren aan van je ouders?'

'Omdat ik zes broers heb,' zei Anne.

'Zes!' Dat boeide Staffa kennelijk enorm.

'Ik ben het enige meisje. We hebben geen geld voor meisjeskleren. Ik moet de oude kleren van de jongens afdragen.'

'Arme jij,' zei Staffa. 'Dat is niet eerlijk. Als je de enige jongen was in een familie vol meisjes zouden ze je ook niet in een jurk naar school sturen.'

Dat was een goeie, en Anne moest erom lachen. 'En jij?' vroeg ze. Ze vond Staffa steeds aardiger. 'Heb jij broers en zussen?'

'Eén broer,' zei Staffa.

'Ouder of jonger?'

'Veel ouder.' Staffa leek niet over hem te willen praten, maar Anne was te nieuwsgierig om erover op te houden.

'Reist hij met jullie mee?'

'Nee. Hij is op legeroefening.'

'Dus hij is soldaat?'

'Nee, student. Maar genoeg over hem. Hij is maar saai.' Staffa glimlachte. 'Ik wil alles horen over al je broers. Ga ik ze vandaag allemaal ontmoeten?'

'Martin niet,' zei Anne. 'Hij is de oudste, negentien jaar. Hij studeert aan de universiteit. Het is hartstikke leuk als hij thuis is, want hij heeft een auto. Heeft jouw broer een auto?'

'Ja, natuurlijk.' Staffa begon een beetje knorrig te klinken. 'Toe dan, vertel me eens over je andere broers.'

Anne zei: 'Na Martin komt Dennis, van zeventien. Die doet dit jaar eindexamen. Dan hebben we Jacob, van vijftien. De meeste kleren die ik heb, komen van Jacob. Er zitten altijd stukken op de knieën.'

Staffa vroeg: 'Op welke school zitten ze?'

'Op de middelbare school in de stad. Daar ga ik in september ook heen.' Anne keek aarzelend naar Staffa. Ze was zo klein en merkwaardig en ze leek absoluut niet geschikt voor het leven op een grote middelbare school. 'Ik neem aan dat jij daar ook naartoe gaat?'

Staffa schudde haar hoofd. 'Dan zijn moeder en ik alweer weg.'

'O.' Anne kon het niet opbrengen te zeggen dat ze dat jammer vond. Snel praatte ze verder. 'Maar goed, na Jacob kom ik, en daarna komt de tweeling. En dan hebben we nog onze kleine Ted. Die is pas anderhalf.'

Staffa deed haar ogen halfdicht en mompelde: 'Martin – Dennis – Jacob – jij – Mark en Paul – kleine Ted.'

'Ja, heel goed. Meestal doen mensen er eeuwen over voor ze onze namen kunnen onthouden.'

'En is er nog een bij die ook rood haar heeft?'

'Niet zo rood als mijn haar.' Annes lange haar (waar ze een hekel aan had, hoewel haar moeder het heel mooi vond) was donkerrood. 'De anderen hebben bruin of blond haar. Kleine Ted heeft een soort oranje haar, net als een rode kat.'

'O, Anne, ik ben zo blij dat ik je gevonden heb!' Staffa zuchtte. 'Ik heb nog nooit een beste vriendin gehad.'

'Wacht even!' Dit ging een beetje te snel. Anne wist nog niet eens of ze Staffa wel aardig vond. 'We kunnen nog geen beste vriendinnen zijn. Dat kost tijd.'

'Je hebt duidelijk een vriendin nodig,' zei Staffa. 'Die twee onnozele meisjes in je klas zijn veel te dom voor iemand als jij.'

Ze kwamen bij het hek van Annes huis. 'Nou, we zijn er,' zei ze. 'Welkom op Boerderij Tolweg. Het is niet echt een boerderij – we hebben alleen de tuin en een stukje weiland. Mijn moeder noemt het de Jongenstuin. Ze zegt dat dat net zoiets is als een berentuin, maar dan lawaaiiger.'

'Wat is een berentuin?'

'Dat weet ik eigenlijk niet. Ik denk dat ze gewoon een plek vol wilde dieren bedoelt.'

Staffa grinnikte. Op haar puntige gezichtje verscheen een nieuwsgierige uitdrukking. Ze keek naar het sjofele huis. Ze keek naar de tuin, die vol stond met fietsen en zelfgemaakte houten bouwsels, om overheen te fietsen of te skaten. Ze keek naar het oude, ernstig kijkende paard dat bij het hek van het weiland stond.

'Het paard heet Leonard,' zei Anne. 'Zelfs de dieren zijn hier jongens.'

De voordeur stond open. De truien en de rugzakken van de tweeling lagen op een hoopje op de deurmat. Anne schopte ze opzij en liep voor Staffa uit naar de keuken. Zoals gewoonlijk was het er een gezellige puinhoop.

Annes moeder zat aan de keukentafel kleine Ted te voeren. Anne probeerde zich voor te stellen hoe ze over zouden komen op een deftig persoon. Mama's oude trainingspak was helemaal uitgelubberd. Haar haren had ze met een elastiekje in een staart gedaan. Het lieve, bolle toetje van kleine Ted zat onder de paarse viltstift. Toen hij Anne zag, schreeuwde hij het uit van plezier en trommelde hij met zijn houten hamer op het blad van zijn kinderstoel.

Anne lachte. Ze kuste hem boven op zijn hoofdje. In zijn oranje haar zaten klodders tomatensaus. 'Wat heb je met je gezicht gedaan, suffie?'

'Hij heeft op de een of andere manier een paarse stift te pakken gekregen,' zei Annes moeder. 'Ik lette één seconde niet op, en het volgende moment zat hij al onder. Het gaat er niet meer af, dus we moeten er maar aan wennen.'

Anne keek om naar Staffa. Ze vroeg zich af of die geschrokken was van deze chaotische toestand. Verbaasd was Staffa zeker, maar ze glimlachte wel. Voor het eerst die dag zag ze eruit als een echt kind. Anne begreep dat ze de Jongenstuin geweldig vond, en weer besefte ze dat ze haar eigenlijk wel mocht.

'Mam,' zei ze, 'dit is Staffa. Ze komt theedrinken, als dat goed is.'

Mama glimlachte. 'Tuurlijk. Je weet dat ik het altijd leuk vind om nog een meisje te zien. Hoi, Staffa.'

'Hoe maakt u het, mevrouw Holst?' zei Staffa. 'Aangenaam kennis met u te maken.'

'Annie, pak maar wat toast en chocoladekoekjes, voor

Staffa en jezelf. Ik geef dat andere tuig wel te eten als ik klaar ben met Ted.'

Staffa ging naast kleine Ted zitten en nam een hapje van haar toast. Ze kon haar ogen niet van hem afhouden. Hij sloeg haar met zijn mollige kleine handje in haar gezicht, maar ze lachte alleen maar. Kleine Ted bood haar heel vriendelijk zijn eigen zompige korstjes aan, en ze deed alsof ze die ook opat. Af en toe zei ze verlegen tegen de moeder van Anne: 'Wat is hij lief!'

De rust werd al snel verstoord. Mark en Paul kwamen de keuken binnenrennen, schreeuwend om sap en koekjes. De voordeur sloeg dicht. Dennis en Jacob kwamen terug van school. Ze waren allebei langer dan hun moeder, met zware stemmen die je kon voelen trillen in de houten vloer. Plotseling was de keuken vol mensen. Anne was bang dat het Staffa te veel zou worden, maar die glimlachte nog steeds. Ze was helemaal niet verlegen met de grote jongens, en ze sprong gretig op toen Dennis voorstelde om naar de tuin te gaan.

Het licht van de middagzon begon al te vervagen. Er stond een aangenaam briesje. Mark en Paul waren aan het oefenen met hun skateboard op het lange, betonnen tuinpad. Dennis en Jacob raceten met hun fietsen over de zelfgemaakte houten schansen. Anne zei tegen Staffa dat ze Pauls fiets wel mocht lenen. Ze verwachtte niet echt dat ze het aanbod zou aannemen. Maar tot haar verrassing stortte Staffa zich meteen op de fiets en sjeesde ze als een roodfluwelen wervelwind over de houten schansen. Anne sprong op haar eigen fiets (die te klein was geworden voor Jacob) en stormde achter haar aan.

Ze hadden de grootste lol met wedstrijdjes tussen de jongens en de meisjes. Staffa was niet langer keurig en deftig, en al helemaal niet teer of breekbaar. Ze schreeuwde bevelen, gooide kluiten aarde naar de jongens en bedacht gewaagde en gevaarlijke nieuwe stunts. Dennis en Jacob vonden Staffa erg grappig. De twee teams streden om de tuinslang. De jongens wonnen, en spoten Staffa en Anne nat met koud water.

Aan het eind van de middag had Anne zo hard gelachen en geschreeuwd dat haar buikspieren er pijn van deden. Ze was doorweekt tot op het bot en zat van top tot teen onder de modder. Een van Staffa's fluwelen mouwen was gescheurd. Happend naar adem gingen ze in het gras liggen. De zon stond nu een stuk lager aan de hemel. Kleine Ted, die in de zandbak bij de deur speelde, wierp een lange, spichtige schaduw, als een grote spin.

Staffa zuchtte. 'Het wordt al laat. Ik kan maar beter naar huis gaan.'

Ze gingen rechtop zitten, giechelend om hun vuile, verfomfaaide kleren.

Anne vroeg: 'Hoe ga je dan naar huis? Mijn vader heeft de auto, dus we kunnen je niet brengen. En er gaan hier geen bussen.'

'Geef niet, hoor. Ik bel onze chauffeur wel.'

'Jullie wat?'

Staffa stond op en klopte het stof van haar jurk. 'Onze

chauffeur. Hij wacht altijd op me als de school uitgaat.'

Nu was ze weer kalm en plechtig. Ze pakte haar schoudertas, bedankte de moeder van Anne voor een heerlijke middag en kuste kleine Ted, zodat er behalve modder ook nog zand op haar jurk kwam. Toen haalde ze een opzichtige mobiele telefoon uit haar schoudertas. Ze drukte een knop in en voerde een kort gesprek.

Anne liep met haar mee het lange pad af. Een paar minuten heerste er een dromerige stilte, tot Staffa zei: 'Anne, ik heb me in geen jaren zo uitstekend vermaakt.'

'Je klinkt net als mijn oma.'

'Ik meen het, het was een geweldige middag. De hele dag was geweldig.'

Aan het eind van het pad stond een enorme glanzende zwarte auto geparkeerd. Het was het soort auto waar de koningin in reed als ze door niemand gezien wilde worden. De achterruiten waren verduisterd, en voorin zat een roerloze chauffeur. Hij (of zij) droeg een pet die diep over zijn (of haar) ogen was getrokken. Ondanks het warme weer was hij (of zij) in een ellenlange zwarte sjaal gewikkeld.

Staffa kneep in Annes hand. 'Ik hoef niet meer op zoek te gaan naar een beste vriendin. Ik heb jou gevonden.'

Madame Victoria

Met een schok besefte Anne de volgende dag weer hoe vreemd Staffa eruitzag, vergeleken bij de rest van de klas. Haar vlechten waren gitzwart en stijf, en hadden een glans die Anne aan plastic deed denken. Deze keer droeg Staffa een donkerblauwe overgooier met plooirok en een gesteven witte blouse in plaats van de roodfluwelen jurk. Ellie en Angela begonnen onbedaarlijk te giechelen toen ze haar kleren zagen.

Staffa leek het gegiechel niet erg te vinden, maar het zette haar wel aan het denken. In de pauze trok ze Anne mee naar het lage muurtje om het schoolplein.

'Heb je zin in een kop koffie?'

'Nee, dank je.' Anne ging niet naast haar zitten. Ze was er lang niet zo zeker van als Staffa dat ze beste vriendinnen waren.

Staffa opende kalmpjes haar thermosfles en schonk een kop zwarte koffie in. Weer trok Anne vol afgrijzen haar neus op toen ze de bittere geur rook.

'Ik heb gemerkt,' zei Staffa, 'dat mijn kleren tamelijk veel aandacht trekken. Kennelijk mankeert er iets aan.'

Anne wist niet wat ze moest zeggen. 'Nou...'

'Wees alsjeblieft eerlijk, Anne. Het is belangrijk dat ik niet uit de toon val. Wat is er mis met mijn kleren?'

'Ze zijn gewoon een beetje... deftig.'

Staffa knikte, niet in het minst beledigd. 'En misschien een beetje ouderwets?'

'Eh... misschien wel, ja.'

'Dan moet ik nieuwe kleren kopen. Ik heb een broek nodig, net zo een als jij. Ik had gisteren Dennis en Jacob best kunnen verslaan, als ik me vrijer had kunnen bewegen.'

Anne lachte. 'Dat zou hun verdiende loon geweest zijn. Ik zou die twee dolgraag een toontje lager laten zingen.'

'En ik had een heel goed idee gisteravond, Anne. We zouden een stormbaan moeten bouwen in jullie weiland. Daar weet ik alles van, omdat mijn broer ervaring heeft opgedaan in het leger. Van die oude olievaten kun je een uitstekende tunnel maken.'

Anne was onder de indruk. Het was een fantastisch idee. Ze kon bijna niet wachten om het aan Dennis en Jacob te vertellen. 'Ja, te gek. En er liggen nog allemaal touwen en andere spullen in de garage. Ik zal wel aan mijn vader vragen wat we mogen hebben. Kom je straks na school weer mee?'

'Eigenlijk hoopte ik dat je met míj mee naar huis zou willen gaan. Ik zou het leuk vinden om je aan mijn moeder voor te stellen.'

'O.' Anne probeerde zich in te beelden hoe de moeder van Staffa eruitzag. Ze was nieuwsgierig, en ook een beetje bang. 'Oké.'

Ze had er niet onderuit gekund, zelfs als ze dat gewild

had. Zodra de laatste les voorbij was, pakte Staffa haar bij de hand. Ze marcheerde naar het hek, waar Mark en Paul stonden te wachten.

'Zeg alsjeblieft tegen mevrouw Holst dat Anne vandaag bij mij thee gaat drinken. We brengen haar om ongeveer halfzeven weer thuis.'

Anne ging nooit bij iemand theedrinken na school, en het gaf een raar gevoel om de tweeling de andere kant op te zien lopen. Staffa trok haar snel mee. De enorme zwarte auto stond om de hoek geparkeerd, in een smal straatje naast de supermarkt. Dezelfde chauffeur, met de zwarte sjaal die zijn (of haar) hoofd aan het zicht onttrok, zat weer achter het stuur, roerloos als een standbeeld. Staffa opende het portier. Anne klauterde achter haar aan de auto in, zich pijnlijk bewust van haar modderige gympen. De binnenkant van de auto was erg chic en extreem schoon en netjes. De stoelen waren bekleed met superzacht leer, en er zaten overal kleine kastjes en vakjes.

Een glazen ruit scheidde hen van de chauffeur. Staffa pakte een lange buis op en sprak in een soort metalen bol die aan het uiteinde zat. 'Marktplein, graag.'

De motor begon te zoemen, en de auto reed weg. Staffa opende een van de kleine deurtjes.

'Wauw,' zei Anne. 'Je hebt een koelkast.'

De koelkast zat vol met blikjes en flesjes. Staffa pakte er twee blikjes cola uit. 'Ja, het is een erg handige auto voor mensen die veel reizen.'

Anne nam een slokje van haar cola en leunde achterover. Hoewel de ramen van de auto van buitenaf zwart leken, kon je er gewoon doorheen kijken. Ze merkte dat ze genoot van deze luxueuze rit. Wacht maar tot haar broers hiervan hoorden.

'Je ouders zijn vast heel rijk,' zei ze.

'Mijn moeder wel, denk ik,' zei Staffa. 'Mijn vader is dood.'

'O, sorry.' De opkomende jaloezie die Anne vanbinnen als een rupsje had voelen knabbelen verdween op slag. 'Wat afschuwelijk.'

Staffa haalde haar schouders op. 'Hij stierf toen ik nog een baby was. Om eerlijk te zijn missen we hem niet zo heel erg.'

Anne was geschokt. Als er iets met haar vader zou gebeuren, zou de hele familie een gebroken hart hebben.

Staffa zag de blik in haar ogen en glimlachte. 'Dus we zijn alleen rijk als je het over geld hebt. In alle andere opzichten ben jij degene die rijk is.'

Ze zag er zo bleekjes en verdrietig uit. Anne schaamde zich dat ze jaloers was geweest. Hoeveel geld je ook had, een Jongenstuin kon je er niet mee kopen.

Staffa opende een ander deurtje. Daar zat een televisie achter. Staffa zette haar aan en terwijl ze naar het nieuws keken, reden ze de stad in. De auto stopte op het lege marktplein.

'Ik heb moeder al heel veel over je verteld,' zei Staffa. 'Ze wil je heel graag ontmoeten. Wees alsjeblieft niet verlegen.' Ze stapten uit. 'We logeren in De Kroon.'

'O,' zei Anne. Het klonk als een piep. De Kroon was het chicste hotel van de stad. Ze hadden daar een beroemde wijnkaart met Franse wijnen en het gebouw nam een hele kant van het plein in beslag. Anne was er nooit binnen geweest. Ze had alleen de glimmende houten deuren gezien en de deftige lampen voor de ramen. Ze voelde zich erg armoedig, met haar spijkerbroek en T-shirt.

Staffa wandelde de lobby binnen alsof ze de eigenaar was.

Het tapijt was zo dik dat je erin wegzakte. Er stonden een heleboel sofa's, en palmbomen in koperen potten. Een mevrouw speelde op een harp, terwijl andere dames heel rustig thee zaten te drinken. Anne schuifelde achter Staffa aan, en hoopte dat niemand naar haar keek.

In de lift naar boven zei Staffa plotseling: 'Je moet mijn moeder trouwens Lady Victoria noemen. Ze wordt woest als je dat niet doet.'

'Lady Victoria,' herhaalde Anne. Ze had nog nooit iemand van adel ontmoet. Het idee was angstaanjagend, maar ook een beetje dwaas.

'Maar wees alsjeblieft niet nerveus. Ze valt echt reuze mee, als je haar eenmaal kent.'

De lift bracht ze naar een gang vol glimmend koper waar een doodse stilte heerste.

Staffa opende een deur. 'Sorry dat we zo laat zijn,' zei ze. 'Hier is ze.'

'Nee, maar,' klonk een luide, enigszins bekakte stem.

'Dus dit is je vriendin Anne.'

Anne, die vermoedde dat haar gezicht net zo rood was als haar haren, mompelde: 'Hoe maakt u het, eh... Lady Victoria?'

'O, dit is uitstekend,' zei Lady Victoria. 'Werkelijk uitstekend. Goed gedaan, Staffa.'

Staffa's moeder zat op een fluwelen stoel, die eigenlijk een soort troon was. Ze was een grote vrouw, met een indrukwekkende boezem. Haar haar leek op dat van Staffa – zwart en glanzend, en merkwaardig doods. Haar brede mond was felrood gestift. Ze droeg een lange japon van helderblauw satijn. Het was moeilijk in te schatten hoe oud ze was. Ze zag er ouder uit dan Annes moeder, maar toch had ze geen rimpels in haar bleke huid. Die was werkelijk spierwit, net als haar grote tanden. Maar het was een vlak, levenloos soort wit, dat Anne aan een badkamer deed denken.

'Het is me een waar genoegen je te ontmoeten, Anne.' Lady Victoria stak haar hand uit. Aan haar lange vingers flonkerden juwelen. Anne slaagde erin haar de hand te schudden, nog steeds hevig blozend.

'Ga zitten. Staffa zal thee voor ons zetten. Van welke soort thee houd je, Anne? Ik kan je assam aanbieden, of darjeeling. Of anders mijn persoonlijke favoriet, een thee die wordt gemaakt van de bittere ha-ha, die alleen groeit in de tuinen van mijn huis in de bergen.'

'Moeder, doe niet zo raar,' zei Staffa. 'Het is veel te warm voor thee. We nemen wel vruchtensap.'

'O, wat je wilt.' In die glazige blauwe ogen vlamde even wat irritatie op. 'Maak voor mij maar een kopje ha-ha-thee met zes schepjes suiker.' Haar enorme rood met witte grijns sprong weer tevoorschijn. 'Wat heb je prachtige haren, Anne. Je bent een echte schoonheid! Je zou er geweldig uitzien in een lichtgroene baljurk!'

'Vind je?' zei Staffa. 'Ik zie haar meer in helderblauw.'

'O nee, kindje. Die kleur maakt zo bleek. Heel misschien korenbloemblauw.'

Er had nog nooit iemand nagedacht over de kleur baljurk die Anne zou moeten dragen. Heel verlegen, maar ook wel gevleid, ging ze in de leunstoel tegenover Lady Victoria zitten. Staffa gaf haar een glas met koud, zoet mangosap. Ze stak een spiritusbrandertje aan onder een grote koperen ketel, die in een speciale standaard hing op de lage salontafel.

'Staffa heeft me over je familie verteld,' zei Lady Victoria. 'Zes broers! Wat doet je vader eigenlijk, kindje?'

Anne vertelde haar dat haar vader postbode was, en dat hij daarnaast 's avonds in de plaatselijke kroeg werkte en tuinonderhoud deed bij andere mensen. Hij was populair in Lumpton, en ze vond het leuk toen Lady Victoria zei dat hij klonk als een 'fidele vent'.

Staffa ging een andere kamer binnen en kwam terug met een grote serveerwagen, die ze voor zich uit duwde. Hij was van boven tot onder afgeladen met de heerlijkste lekkernijen. Toast en verse broodjes op verwarmde borden, schalen vol roomsoezen, vruchtentaartjes, chocola-tjes en bonbons. Anne begon zich een beetje te ontspan-nen. Lady Victoria was heel vriendelijk en innemend, en zei tegen Anne dat ze zo veel mocht eten als ze wilde. Anne at de heerlijke taartjes en probeerde ondertussen de vragen van Lady Victoria te beantwoorden zonder met een volle mond te praten.

Lady Victoria leek erg veel van suiker te houden. Haar grote witte tanden maalden de taartjes en de bonbons weg op een manier die Anne deed denken aan Leonard, het paard. Toen Lady Victoria merkte dat Anne zich wat ongemakkelijk begon te voelen omdat ze zo nieuwsgie-rig was, stopte ze met vragen stellen. Nippend van haar paarse ha-ha-thee uit een theekop zo groot als een soep-kom begon ze fantastische verhalen te vertellen over het land in het noorden waar Staffa en zij woonden. Ze omschreef de schaatspartijen in de winter, de bals in de zomer die de hele nacht duurden en de feesten op het water van het meer naast haar kasteel in de bergen. Het klonk geweldig.

Zou het allemaal echt waar zijn? Anne zag dat Staffa bij sommige verhalen haar voorhoofd fronste. Misschien schaamde ze zich, omdat haar moeder dingen verzon.

Aan de andere kant was het duidelijk dat Lady Victo-ria en Staffa niet uit een gewoon land kwamen. Anne kon niet precies zeggen hoe of waarom, maar ze wist dat dit geen gewone mensen waren. Je kon je gemakkelijk voorstellen hoe ze de hele nacht door dansten in schit-

terende balzalen, in zijden jurken zo kleurig als vlindervleugels.

'Van al dat gepraat over dansen krijg ik maar dorst,'
zei Lady Victoria. 'Ik heb nog behoefte aan wat thee.' Ze
stak haar enorme kop uit.

Staffa (die helemaal niets at) nam de kop aan. Ze
vulde hem uit de enorme, peervormige koperen theepot. Er hing een sterke geur van sinaasappelschillen en
benzine. De thee had zo'n donkere paarse kleur dat hij
bijna zwart leek.

Anne keek nieuwsgierig om zich heen. Het meeste
meubilair was comfortabel en saai, en was duidelijk van
het hotel. Maar Lady Victoria's stoel, die op een troon
leek, werd omringd door allerlei vreemde voorwerpen,
die ze kennelijk mee van huis had genomen. Op de lage
tafel stond, naast de grote koperen theepot, een ingelijst
portret van een knappe jongeman in een of ander uniform. Anne vroeg zich af of dat Staffa's broer was. Naast
het portret stond een enorme, afgrijselijke koperen spin
waarin het woord 'Tornado' was gegraveerd.

Het merkwaardigste en mooiste in de kamer was een
kist die op een tafel naast Lady Victoria stond. Hij was ongeveer net zo groot als een klein nachtkastje, perfect vier-
kant en helemaal bedekt met schilderingen, die zo prachtig waren dat Anne er voor altijd naar had kunnen staren.
Ze zag kastelen, bergen en dichte wouden die baadden in
het zonlicht. De kleuren waren zo helder en overweldigend dat het bijna pijn deed om ernaar te kijken.

Lady Victoria grijnsde breed (met haar mond vol cake). 'Aha, je kijkt naar mijn kist. Vind je hem mooi?'

Anne zei, naar waarheid: 'Ik heb nog nooit zoiets moois gezien.'

'Wat heb je een goede smaak,' zei Lady Victoria. 'Het is een kostbaar familiebezit, honderden jaren geleden gemaakt door onze voorouders. Ik neem hem altijd overal mee naar toe. Ik stel nu eenmaal prijs op mijn comfort. Daarom heb ik ook mijn gouden theepot bij me. Je moet ha-ha-thee altijd zetten in een pot van puur goud.'

'Goud?' Anne was gefascineerd. 'Ik dacht dat hij van koper was!'

'Absoluut niet. Dat zou de smaak verpesten.'

Nu zag Anne dat het gelige metaal waarvan de theepot was gemaakt veel te mooi was om koper te zijn. Ze probeerde zich te herinneren of puur goud zachter of harder was dan koper. Zou het dan niet smelten door de vlam van de spiritusbrander? Ze besloot het later aan mama te vragen, die veel wist van dat soort dingen. 'En die spin?' vroeg ze. 'Is die ook van goud?'

Lady Victoria klopte even op het angstaanjagende beest. 'O, ja. Alleen goud was goed genoeg voor hem.' Ze leunde naar voren. 'Tornado, zo heette hij. Hij was een renspin. Dit beeldje heb ik laten maken toen hij voor de tiende keer de Koninginnebeker won.'

'O,' zei Anne. Ze had niet geweten dat er zoiets als een renspin bestond.

'Die arme Tornado stierf kort daarna,' zei Lady Victoria. 'Hij had vier poten gebroken. Hij moest worden afgeschoten.'

'O.' Anne keek onrustig naar Staffa. Dit klonk wel heel gek. Welk pistool was nou zo klein dat je er een spin mee kon afschieten? Zou het niet simpeler zijn geweest om hem gewoon te vertrappen?

Staffa sprong overeind. 'Ik denk dat Anne nu naar huis moet.'

'O, wat jammer,' zei Lady Victoria. 'Het was erg leuk je te leren kennen, Anne.' Ze kwam overeind uit haar troon. Ze was heel lang, en torende boven Anne uit als een enorme, met blauw satijn beklede rotswand. 'Staffa, pak een grote zak en stop die vol met taartjes voor Annes broers.'

'Goed idee,' zei Staffa. 'En mag ik morgen theedrinken in de Jongenstuin?'

'Natuurlijk, lieverd. Ik zou niet weten waarom niet.'

'Dus Anne bevalt je wel?'

Lady Victoria glimlachte. 'Ze is perfect!'

Anne snapte er niets van. Waarom knikten Staffa en haar moeder elkaar op zo'n vreemde manier toe? Ze begon een beetje duizelig te worden van de sterke geur van de ha-ha-thee. Ze was blij dat het tijd was om naar huis te gaan.

Staffa ging de andere kamer binnen om de taartjes te halen. Lady Victoria boog zich voorover naar Anne. 'De volgende keer dat je komt, kindje,' zei ze, 'laat ik je wat plaatjes zien van baljurken. En misschien meet ik je hoofd dan ook even op, voor een kroon.'

'Een... een wat?' Nu wist Anne zeker dat die vrouw niet goed bij haar hoofd was.

'Schrik maar niet, Anne. Het is maar een spelletje dat ik graag speel. Een spelletje!'

Staffa kwam terug met een grote tas in haar hand. Anne sprong overeind en stamelde een bedankje. Het was een opluchting om de benauwde kamer vol bedwelmende geuren te kunnen verlaten.

Anne en Staffa namen de lift naar beneden. Voor de ingang van het hotel stond de grote auto te wachten.

'Alsjeblieft.' Staffa gaf haar de tas.

'O, wauw!' Hij zat vol met de heerlijkste taartjes. Het was zelfs meer dan genoeg voor de gulzige Jongenstuin. 'Heel erg bedankt, Staffa!'

'Ik hoop dat je het niet erg vindt om in je eentje terug te gaan, met de auto. De chauffeur weet waar het is.'

'Nee, dat geeft niet,' zei Anne, hoewel ze het wel een beetje vervelend vond. Ze kreeg de kriebels van die vermomde chauffeur.

'Probeer maar niet tegen hem te praten,' zei Staffa. 'Hij kan je toch niet horen, tenzij je door de buis praat. Ik hoop dat de jongens die taartjes lekker vinden.'

Plotseling, zonder enige waarschuwing, omhelsde ze Anne, waarna ze terugrende het hotel in.

Anne leunde achterover in de zachte leren bank van die fantastische auto en voelde zich net een filmster. De jongens zouden helemaal uit hun dak gaan, als ze haar zagen uitstappen! Het was een ongelooflijke middag geweest. Haar hoofd tolde nog helemaal van alle geweldige dingen die ze had gehoord en gezien. De gouden spin, de beschilderde kist, de paarse thee, de verhalen over kastelen en feesten tot diep in de nacht. Maar Staffa en haar moeder hadden wel een paar heel vreemde dingen gezegd, dacht ze. Wat hadden ze nou bedoeld, dat Anne 'perfect' was? En waarom wilde Lady Victoria haar hoofd opmeten voor een kroon?

Anne besloot haar ouders niet al te veel te vertellen over het bezoek. Ze was bang dat het zou klinken alsof Staffa's moeder knettergek was. Dan mocht ze er misschien niet meer heen, en dat zou ze heel jammer vinden. Ze had nog lang niet genoeg gezien.

Een uitnodiging

In de weken die volgden werden Anne en Staffa, tot Annes verbazing, inderdaad beste vriendinnen. Staffa's plan om een stormbaan te bouwen sloeg in als een bom. Anne en Staffa en alle jongens behalve kleine Ted werkten er elke dag na schooltijd aan en ook het grootste deel van het weekend. Al snel was het armoedige weitje naast het huis één grote wildernis van touwen, ladders en tunnels van olievaten. Leonard, het paard, was in het weiland ernaast gezet en keek over het hek welwillend toe.

Anne had nooit eerder een echte vriendin gehad, en terwijl de zomerweken voorbijgingen merkte ze dat ze Staffa steeds aardiger ging vinden. Dat merkwaardige wezen sprak als een getikte oude dame, en haar kleren zagen er nooit gewoon uit. Maar ze racete de stormbaan rond als een aapje en ze was heel goed in het bedenken van gevaarlijke spelletjes. Alle jongens waren dol op haar, omdat je zo met haar kon lachen.

Staffa was extreem gul. Ze gaf hun een echt klimnet, zodat ze een Muur des Doods konden maken in de stormbaan. Ze gaf Anne drie paar prachtige gebloemde sokken. Ze gaf kleine Ted een speelgocdbrandweerwagen, en haar mysterieuze chauffeur bracht vaak zakken vol taartjes en snoep.

'Je moet niet al je geld aan ons uitgeven, Staffa,' zei Annes moeder. 'Je hoeft hier geen toegang te betalen, hoor. We zijn blij als je gewoon jezelf meebrengt.'

Staffa zei, heel ernstig: 'Alstublieft, mevrouw Holst, gunt u me dit genoegen. Mijn moeder en ik hebben zo veel geld dat we het toch nooit op kunnen maken. En het wordt niet zo vaak gebruikt om anderen te plezieren.'

'Dat arme kind,' zei Annes vader later. 'Het enige wat ze wil is een echte familie.' Hij zei tegen Anne dat Staffa altijd meer dan welkom zou zijn in de Jongenstuin.

Een keer per week nam Staffa Anne mee om thee te drinken bij Lady Victoria. Anne genoot van die vreemde, bedompte middagen. Er waren altijd heerlijke taartjes en grote bakken vol met allerlei bonbons en snoep. Lady Victoria vertelde nog meer ongelooflijke verhalen over haar kasteel in de bergen. 'Nou, het is eigenlijk meer een jachtslot. Veel kleiner en gezelliger dan mijn grote paleis in de stad. Ik stuur mijn bedienden er vaak heen, als ze ziek zijn, zodat ze bij kunnen komen.'

Anne merkte dat Staffa geïrriteerd raakte als haar moeder over het jachtslot vertelde, en ze vroeg zich af waarom. Hoewel Staffa in de Jongenstuin meestal het hoogste woord voerde, was ze tijdens deze middagen altijd erg rustig. Ze volgde haar moeders bevelen op alsof ze een bediende was en sprong steeds weer gewillig overeind om eindeloze koppen paarse, naar benzine ruikende ha-ha-thee voor haar te zetten.

Lady Victoria praatte over baljurken en hoeden en

juwelen, en Anne deed alsof ze luisterde, starend naar de beschilderde kist. De kleuren op de kist waren zo helder en de schilderingen zo levensecht. Ze had durven zweren dat ze telkens als ze de kist weer zag een klein beetje anders waren. Was er altijd al een zonsondergang geweest achter die bomen? Was dat een nieuwe wolk, daar naast die kasteeltoren? Ze dacht dat ze er nooit genoeg van zou krijgen om ernaar te kijken.

Eén ding zat haar dwars. Lady Victoria's verhalen werden steeds ongeloofwaardiger.

'O, ik wou dat je onze Wintersleewedstrijd kon zien, Anne! Het ijs op het grote bergmeer is zo dik dat je er een kampvuur op kunt maken! Daar houden we het Schaatsbal, en dan deel ik prijzen uit aan de snelsten. Ook het ijsboksen is heel opwindend, maar mijn favoriete evenement is het Lentebloemengevecht. Dan kun je nauwelijks een hand voor ogen zien, zo veel bloemblaadjes vliegen er dan in het rond!'

Het was allemaal heel boeiend, maar was het ook waar? Anne wachtte een moment af waarop ze het Staffa kon vragen zonder haar te beledigen. Dat kwam op een zonnige middag, een paar weken voor het einde van het schooljaar. Staffa en Anne zaten in de wei tegen de Muur des Doods te zonnebaden.

'Ik moet zeggen dat ik je bewonder omdat je zo veel geduld hebt met moeder,' zei Staffa. 'Ze kan zo ongelooflijk saai zijn.'

'Ja, ze draaft soms wel een beetje door,' gaf Anne toe.

'Vooral als ze begint over hoe je je moet gedragen en dat je buiginkjes moet maken en dat soort dingen. Maar ik vind het heel leuk om al die verhalen over jullie land te horen. Is het... is het allemaal waar? Ik bedoel, van die kastelen en die feesten op het ijs en de picknicks om middernacht...'

Staffa lachte nogal grimmig. 'O, ja, die dingen zijn allemaal waar.'

'Zijn er dan ook dingen niet waar? Welke dingen dan?'

'Dat kan ik niet uitleggen.' Staffa keek ongelukkig.

'Waarom niet?'

'Dat zou te lang duren.'

'Maar we zijn toch beste vriendinnen?' merkte Anne op. 'Dan moet je me toch alles kunnen vertellen?'

Staffa keek haar lange tijd zwijgend aan. Toen schudde ze haar hoofd. 'Het is te ingewikkeld.'

Een erg luide autotoeter deed hen allebei opschrikken. Een enorme zwarte auto racete het pad af en stopte voor het hek.

'Mijn hemel!' zei Staffa. 'Dat is moeder!'

'Dat meen je niet.' Anne schrok zich dood. Wat zou Lady Victoria wel niet denken van die idiote, rommelige Jongenstuin?

'Geen paniek.' Staffa kwam kordaat overeind. 'Ik zal ervoor zorgen dat ze zich niet al te veel misdraagt.'

Het portier van de auto ging open en Lady Victoria stapte uit. 'Joehoe, meisjes!' riep ze. 'Is dit geen leuke verrassing? Ik kom Annes ouders bezoeken. Ik wilde die eerlijke gezichten van die goede mensen nu wel eens met eigen ogen zien.'

Ze droeg een enorme slobberige pofbroek van geruite tweed, gecombineerd met een bijpassend tweed jasje dat erg strak om haar ferme boezem spande en kniehoge paarse laarzen met hoge hakken.

'Ik heb me maar een beetje onopvallend gekleed,' zei Lady Victoria. 'De ouders van Anne zijn natuurlijk heel simpele mensen, en ik wil dat ze zich op hun gemak voelen.'

Dennis, Jacob en de tweeling waren het huis uit komen stormen om naar de glanzende auto te kijken. Hun ogen rolden bijna uit hun kassen toen ze Staffa's moeder zagen. Anne had heel weinig verteld over Lady Victoria, vooral omdat ze dacht dat ze haar toch niet zouden geloven.

Lady Victoria wuifde vriendelijk naar ze. 'Wat een knappe broers heb je, Anne.' Ze wees naar Annes vader en moeder, die in de deuropening stonden met kleine Ted. 'En ik neem aan dat die twee eenvoudige boeren je ouders zijn?'

Staffa's wangen kleurden roze. 'Het zijn geen boeren!' siste ze.

Papa wilde duidelijk in lachen uitbarsten, maar daar was hij te aardig voor. 'Hoe maakt u het, Lady Victoria? Welkom in ons nederige stulpje.' Hij knipoogde vriendelijk naar de meisjes. 'Komt u alstublieft binnen voor een kopje thee.'

Mama pakte kleine Ted op, net op tijd om te voorkomen dat hij Lady Victoria's pofbroek vastgreep met zijn vieze handjes. 'Het is echt zo leuk om u te ontmoeten. Nu kunnen we u eindelijk bedanken voor alle cadeaus.'

'Mijn beste mevrouw Holst, u hoeft me niet te bedanken, hoor!' riep Lady Victoria uit. 'Dat was wel het minste wat ik kon doen.'

Ze schreed het huis binnen. Mama en papa haastten zich achter haar aan.

'Sorry voor de rommel,' zei papa.

Lady Victoria leek de borden vol eierresten en de hoopjes kruimels niet op te merken, net zo min als de vijf paar jongensogen die haar aanstaarden vanuit de deuropening. Ze ging zitten op de stoel die er het stevigst uitzag. Toch kraakte hij onder haar gewicht en verdween hij bijna tussen haar in tweed gehulde billen.

'Ik ben gekomen om Anna uit te nodigen,' zei ze. 'In de paar weken dat Staffa en ik jullie dochter nu kennen zijn we erg op haar gesteld geraakt. Ze is zo'n lieve schat, zo delicaat en verfijnd!'

De jongens konden hun lachen niet inhouden. Mama wierp ze een waarschuwende blik toe.

'Mijn dochter en ik zullen dit deel van het land al snel weer gaan verlaten,' zei Lady Victoria. 'En we willen heel graag uw dochter Anne mee naar huis nemen, voor een korte vakantie.'

'O, ja!' riep Staffa. 'Zeg alsjeblieft dat je meegaat, Anne!'

'Ik… ik weet het niet…' Anne was verbijsterd. Ze was nog nooit van huis geweest, tenzij je de vakanties met het hele gezin op de camping aan zee meetelde. Ze was nog nooit gescheiden geweest van haar familie, en het vooruitzicht was een beetje angstaanjagend. Maar het was een verleidelijk aanbod. Dan kon ze met haar eigen ogen die prachtige meren, kastelen en bergen zien uit Lady Victoria's verhalen.

Lady Victoria grijnsde haar enorme, nogal kille rood met witte grijns. 'Het is maar voor een paar weken, aan het begin van de zomervakantie. We gaan met mijn auto, en ik hoop dat het ons lukt onderweg wat nieuwe kleren voor Anne te kopen die daadwerkelijk voor meisjes bedoeld zijn. Die heeft ze toch nodig, voor haar nieuwe school.'

Mama en papa keken elkaar aan. Anne wist dat ze haar graag in echte meisjeskleren wilden laten beginnen op de middelbare school in de stad. Ze hadden alleen geen idee waar ze het geld vandaan moesten halen.

'Dat is heel vriendelijk van u,' begon mama, 'maar we kunnen niet…'

'U zou me een grote dienst bewijzen, mevrouw Holst,' zei Lady Victoria. 'Die arme Staffa wordt anders zo eenzaam. Nietwaar, liefje?'

'Niks is leuk, als je alles in je eentje moet doen,' zei Staffa. 'Zeg ja, Anne. Er is zo veel wat ik je wil laten zien!'

'Ons huis staat in een heerlijke, gezonde omgeving,' zei Lady Victoria. 'Maar de communicatiemiddelen zijn er primitief. U moet zich geen zorgen maken als Anne u niet kan bellen. Ze kan u op de hoogte houden met ansichtkaarten. Die waren in mijn tijd tenslotte ook goed genoeg. En ik beloof u, met de hand op het hart, dat ik haar zal behandelen alsof ze mijn eigen dochter is. Ze zal het leven van een prinses leiden, en dat is ook wat ze verdient.' Ze leunde naar voren. De stoel kraakte vervaarlijk. 'Wat zegt u ervan, meneer Holst?'

'Nou,' zei papa. 'Ik heb geen bezwaar. Maar Anne moet zelf beslissen. Heb je zin om te gaan, lieverd?'

Anne zei: 'Ik wil dolgraag mee.'

Staffa slaakte een kreet van vreugde. Ze omhelsde Anne zo stevig dat het bijna pijn deed, en fluisterde opgewonden in haar oor: 'Hier zul je geen spijt van krijgen!'

Op reis met een kist

Op de allereerste dag van de zomervakantie gingen ze op weg. Lady Victoria had Anne verteld dat ze niet te veel bagage mee moest nemen, en dus had ze maar een paar spullen in haar schoolrugzak gepropt. Een boek, een tandenborstel, een haarborstel en een setje schone kleren.

De auto arriveerde vlak na het ontbijt bij de Jongenstuin. Lady Victoria sprong eruit, gekleed in een broekpak van oranje fluweel met een bijpassende hoed die eruitzag als een brommerhelm. 'De wereld ligt voor ons open!' riep ze. 'Neem maar gauw afscheid, lieve meisjes!'

Het was een heldere, zonnige morgen, en Anne was opgewonden. Ze was dol op de Jongenstuin, maar ze verheugde zich op alle nieuwe dingen die ze zou zien en beleven. 'Ik zal een heleboel kaarten sturen,' beloofde ze haar broers. 'Ik zal zo veel te vertellen hebben, als ik weer thuis ben!'

'Neem snoep mee!' schreeuwden Mark en Paul. Staffa deed er nog het langst over om afscheid te nemen. Ze zoende alle jongens, inclusief de oudste, Martin, die net terug was van de universiteit. Ze gaf ook Annes ouders een kus en bedankte ze voor hun gastvrijheid.

'O, schiet nou toch op!' zei Lady Victoria boos. 'Op

deze manier duurt het allemaal veel te lang!'

Staffa gaf de kleine Ted nog een zoen en een knuffel. Toen klauterde ze in de auto, naast Anne. Terwijl ze wegreden, zag Anne tranen over haar bleke wangen biggelen. Het was de eerste keer dat ze Staffa zag huilen. Ze pakte haar hand.

'Staffa? Gaat het een beetje?'

'Ik zal ze gewoon zo missen.' Staffa deed haar best om te glimlachen. 'Ik had de tijd van mijn leven, in de Jongenstuin. Ik ben blij dat ik jou mee terug kan nemen, als souvenir.' Ze vervolgde: 'Voor een paar weken, dan. Maar anders zou ik het echt niet kunnen verdragen.'

'O, houd nou toch op,' zei Lady Victoria. 'Stel je niet zo aan.'

Dat vond Anne gemeen van haar. Ze kneep nog een keer vriendelijk in Staffa's hand. 'Je kunt terugkomen wanneer je maar wilt.'

'Nee, dat kan niet,' zei Staffa. 'Ik kan nooit iets doen wat ik wil.'

Dat was een rare opmerking, die haar moeder deed fronsen. Als Lady Victoria fronste, verschenen er diepe rimpels in haar witte voorhoofd, en dan zag ze eruit als het beschilderde boegbeeld van een ouderwets schip. Anne was een beetje bang voor haar.

'Staffa, ik waarschuw je. Ik wil niet hebben dat je zo gaat zitten mokken. Maak een kop ha-ha-thee voor me.'

'Ja, moeder.'

'En niet meer dan vier schepjes suiker. Ik heb besloten

dat mijn achterwerk kleiner moet worden. Ik kwam vanmorgen niet meer in mijn pofbroek.'

'Ja, moeder.' Staffa grinnikte, en knipoogde naar Anne
om haar te laten weten dat alles goed was met haar.

De grote gouden theepot, compleet met spiritusbrander, reisde met hen mee in de auto. Net als de beschilderde kist. Dat prachtige voorwerp stond op de met leer beklede bank tussen Staffa en haar moeder in, waar hij op
zijn plek werd gehouden door zijn eigen veiligheidsriem.
Lady Victoria aaide er vaak overheen en liet dan haar met
juwelen beladen hand erop rusten. Zo nu en dan veegde
ze hem af met een zijden zakdoek, hoewel er nooit een
vlekje op de beschilderde panelen te bekennen was. Ook
dekte ze hem zorgvuldig af als ze haar thee dronk.

Ze stopten voor de lunch bij een groot hotel, ergens
midden op het platteland. Het was heel chic. Lady Victoria drukte Anne op het hart alles te bestellen wat ze
maar wilde, en ze koos een deftig soort worst met puree,
en ijs toe. Het was allemaal heerlijk.

'Ik móét echt wat nieuwe kleren voor je kopen, Anne,'
zei Lady Victoria, en ze wierp een geringschattende blik
op Annes spijkerbroek en gympen. 'Werkelijk, je ziet
eruit alsof je de afvoer komt repareren.' Met een frons
bekeek ze de menukaart. 'Wat een armzalige verzame-
ling taartjes! Maar goed dat ik op dieet ben. Ik neem niet
meer dan twee van elk.'

Staffa, die alweer een stuk opgewekter was, stootte
Anne even aan onder tafel. Ze knikte naar een schilderij

aan de muur van een groot varken, en knikte toen in de richting van haar gulzige moeder. De meisjes zaten te schudden van het onderdrukte gegiechel. Anne wist dat het onbeleefd was, maar ze kon er niets aan doen. Lady Victoria's grote, schrokkende rode mond stak zo grappig af tegen haar oranje helm.

Na de lunch reden ze weer verder. De auto stopte in de drukke hoofdstraat van een grote stad.

Lady Victoria stak haar hand in een soort buidel die in het leer van de achterbank was genaaid en haalde er een dikke stapel bankbiljetten uit. Anne was stomverbaasd. Zo veel geld had ze nog nooit van haar leven bij elkaar gezien.

Staffa zag hoe Anne ernaar staarde. 'Contant geld is heel handig,' zei ze, 'als je zo veel reist als wij.'

'Kom mee, meisjes!' jubelde Lady Victoria.

Ze stapten uit. Anne zag dat de geheimzinnige chauffeur roerloos bleef zitten achter het stuur, als een in zwarte lappen gewikkeld standbeeld.

'En hij dan?' vroeg ze. 'Gaat hij de auto niet uit?'

'Wie?' vroeg Lady Victoria afwezig. 'O, je bedoelt Prockwald.'

Dit was de eerste keer dat Anne de naam van de chauffeur hoorde. Ze vond het onaardig van zichzelf dat ze daar niet eerder naar had gevraagd. 'Wil meneer Prockwald niet met ons mee?'

Lady Victoria slaakte een kreet, waardoor een paar duiven vlakbij verschrikt opfladderden, en barstte vervolgens in een oorverdovende, bulderende lach uit. Haar doffe witte tanden klapten open en dicht als een vossenklem. 'Anne, je bent echt onbetaalbaar! Staffa, heb je ooit zoiets gehoord? Menéér Prockwald!'

Verbijsterd keek Anna naar Staffa. Wat was er zo grappig aan wat ze had gezegd?

'Hij is een bediende,' legde Staffa uit. Ze schaamde zich duidelijk. 'Die zijn... niet zoals wij.'

'Waarom niet?'

'Je moet goed begrijpen, mijn beste Anne,' zei Lady Victoria, 'dat die lui niet over onze verfijnde gevoelens of onze uitstekende smaak beschikken. Het is niet aardig om te veel aandacht aan ze te besteden. Daar raken ze maar van in de war. Ik kan je verzekeren dat Prockwald het prima vindt om in de auto te wachten.'

Anne had nooit eerder iemand op zo'n harteloze en gemene manier horen praten. Prockwald leek het echter niet erg te vinden. Ze bedacht hoe boos haar vader zou worden als hij iemand op dat soort praatjes zou betrappen in de kroeg.

'Hoe dan ook,' vervolgde Lady Victoria, 'hij moet wel hier blijven, om de kist te bewaken.' Ze wierp nog een laatste, liefhebbende blik op de prachtige beschilderde kist, voor ze de deur van de auto dichtgooide.

Met haar enorme oranje boezem als een stormram voor haar uit leidde Lady Victoria de twee meisjes een beroemde winkel binnen, die volhing met prachtige kleren.

Het volgende halfuur was als een droom. Anne had vaak gedacht hoe geweldig het zou zijn om een winkel binnen te gaan en daar alles te kopen wat ze maar wilde hebben. Dat was precies wat Lady Victoria deed. Ze ging als een wervelwind door de rekken met kleding, laadde haar armen vol met rokken, jurken, bloesjes, schoenen en tassen, totdat Anne er helemaal duizelig van werd. Waren al die dingen voor haar? De kleren waren nogal meisjesachtig, en sommige kleuren (mierzoet lila, knalgeel) vond ze nogal 'bleh', maar ze kon er niets van zeggen, want dat zou ondankbaar klinken. Voor het eerst in haar leven zou ze helemaal als meisje gekleed zijn. Dat was ongelooflijk, en dan ging ze dus niet moeilijk lopen doen over een paar kleuren.

Lady Victoria verraste het meisje achter de kassa door haar de hele stapel geld te overhandigen. 'Tel jij het maar, kindje. Ik vind het te veel moeite.' Ze zuchtte. 'Mijn hemel, wat een vreselijke winkel! Geen avondjaponnen! Geen dansschoentjes! En geen ENKELE cocktailjurk in een kindermaat! Dat komt ervan, als meisjes niet langer korsetten hoeven te dragen.'

Volgeladen met plastic tassen, alsof ze een bos ballonnen vasthield, leidde ze Staffa en Anne de winkel uit. Prockwald wachtte naast de auto.

Lady Victoria liet de tassen op een hoop vallen aan zijn voeten. 'Doe deze in de kofferbak en breng ons dan naar het hotel. En ik ga een kopje thee drinken achterin, dus niet te snel de bochten door.'

Staffa zette alweer een pot paarse ha-ha-thee. De auto vulde zich met de geur van benzine en sinaasappelschillen. Lady Victoria dronk twee koppen en viel toen in slaap.

'Dat is tenminste een voordeel van die walgelijke thee,' zei Staffa, die de televisie aanzette. 'Het is daardoor net alsof ze een UIT-knop heeft.'

Anne nestelde zich in de zachte leren bekleding. Ze had het zo naar haar zin, dat ze bijna niet kon geloven dat het allemaal echt gebeurde. De deftige auto, de nieuwe kleren, het heerlijke eten. Ze kon bijna niet wachten om het allemaal aan de jongens te vertellen. Dit was de vakantie van haar dromen.

Hun hotel was een oud landhuis, midden tussen de weilanden. Bij de receptie in de hal kreeg Anne te horen dat ze een eigen slaapkamer en badkamer zou krijgen, met kabeltelevisie en een minibar vol snoep. Het was zo opwindend dat ze nauwelijks in de gaten had dat Lady Victoria dit allemaal wel heel vreemd had geregeld.

'Dus dat is een kamer met bad voor juffrouw Holst, een grote tweepersoonskamer met bad voor mij en mijn dochter, een eenpersoonskamer voor mijn chauffeur (hoewel ik nog steeds niet inzie waarom hij niet gewoon op de gang kan slapen) en een kamer voor mijn kist. Prockwald, breng juffrouw Annes nieuwe kleren naar binnen. De kist draag ik zelf.'

Lady Victoria ging naar boven, terwijl ze de beschilderde kist voorzichtig in haar handen hield.

'Eerst de kist,' zei ze. 'Staffa, doe de deur van kamer 22 open.'

Staffa had de sleutels voor al hun kamers. Ze opende de deur van nummer 22. Lady Victoria droeg de kist naar binnen en zette hem voorzichtig op het dressoir. Staffa pakte twee gouden kandelaars uit een speciale canvas hoes die ze bij zich had, en Lady Victoria plaatste ze aan weerskanten van de kist. Anne keek toe, compleet verbijsterd. Wat waren ze in vredesnaam aan het doen?

Het gekste was nog wel dat de kist kennelijk een kamer voor zichzelf had. Lady Victoria sloot de deur af en stopte de sleutel in haar zak.

'Staffa, kindje, jij en ik hebben de kamer hiernaast. Anne, jij zit aan de overkant. Neem zo veel snoep als je wilt, en trek alsjeblieft de gebloemde groene jurk aan voor het diner. Ik zie je in de eetzaal over precies drie kwartier.'

Staffa gaf haar de sleutel, en Anne ging haar kamer binnen. Hij was schitterend. Ze zag een groot bed en een ijskast gevuld met zoetigheden, en er was een glimmende badkamer met kleine flesjes doucheschuim en shampoo. Ook stond er een telefoon naast het bed. Anne las in de instructies hoe ze een telefoontje kon plegen en belde de Jongenstuin.

Mama nam op, en opeens had Anne een aanval van heimwee. Ze hoorde kleine Ted gillen op de achtergrond, en papa, die kennelijk in discussie was met Jacob. Eventjes verlangde ze naar de rommelige keuken, de

kleine televisie en de grote bank waar de vulling uit-
puilde.

Ze klaarde weer op toen ze mama vertelde over haar
luxueuze hotelkamer en de enorme hoeveelheid nieuwe
kleren.

'Wat gul van Staffa's moeder,' zei mama. 'Bedank
haar alsjeblieft namens ons.'

Anne zei: 'Ik mis jullie heel erg.'

'Wij missen jou ook, lieverd. Maar we willen allemaal
dat je een geweldige tijd hebt.'

Het telefoontje eindigde met alle jongens die in koor
riepen: 'Dag Anne!'

Daarna leek de grote kamer veel te rustig. Anne leidde zichzelf af door de groene gebloemde jurk te zoeken
en die aan te trekken. Er hoorden een witte panty en
groene schoenen bij. Anne staarde naar zichzelf in de
spiegel. Nu kon iedereen zien dat ze geen jongen was.
Ze was een meisje, en als ze meisjeskleren droeg was ze
eigenlijk best knap om te zien.

Anne voelde zich heel elegant, maar wel een beetje
verlegen toen ze naar beneden liep, naar de eetzaal van
het hotel. Lady Victoria had een privékamer gereser-
veerd, met een ronde witte tafel die was bedekt met een
wit tafelkleed, en die uitzicht bood op de tuin.

'Mijn beste Anne,' zei Staffa. 'Je ziet er schitterend
uit.' Ze was alleen.

Anne vroeg: 'Waar is Lady Victoria?'

Eventjes leek Staffa zich ongemakkelijk te voelen. 'O...

Ze zei dat we maar zonder haar moesten beginnen. Ze werd... ze werd even opgehouden.'

'Opgehouden?'

'Ik bedoel dat ze nog ergens mee bezig is boven, en ze komt zodra ze klaar is.'

Ze waren al halverwege hun tomatensoep toen Lady Victoria de kamer binnen kwam stormen.

'Het spijt me zeer, meisjes. Ik had nog wat papierwerk te doen.'

Anne staarde haar aan. Lady Victoria zag er niet uit alsof ze 'papierwerk' had zitten doen. Haar oranje broekpak was bespikkeld met zwart spul, iets wat op roet leek, en om haar hoofd hing een wolk zwarte rook.

Staffa zei: 'Je hoed staat in brand.' Ze pakte haar glas water en goot dat over haar moeders afzichtelijke oranje hoed.

'O. Dank je wel, lieverd,' zei Lady Victoria ademloos. 'Kennelijk heeft hij vlam gevat bij die explosie, maar nu is alles voorlopig weer in orde. Ik heb er twee met mijn eigen handen te pakken gekregen. Je moet ze meteen afschieten, dat is het beste. Dan hoef je later geen kosten te maken om ze op te hangen.'

'Moeder,' zei Staffa zachtjes. Ze knikte naar Anne.

'Ah,' zei Lady Victoria. Ze keek even bezorgd en schonk Anne toen een glimmende grijns vol witte tanden. 'Sla er maar geen acht op, Anne. Het is niet belangrijk. Kan iemand me een kop thee geven?'

Wat had ze in hemelsnaam uitgespookt? Wat voor

'explosie' had er plaatsgevonden in de slaapkamer van dit rustige plattelandshotel? En waarom had Lady Victoria het over 'schieten' en 'ophangen'? Anne zag de waarschuwende blikken die Staffa haar moeder toewierp. Die twee deelden een of ander geheim, iets wat zij niet mocht weten.

Ze besloot te doen alsof ze niets merkwaardigs had opgemerkt, en langzaamaan ontspande Staffa zich weer. Zoals gewoonlijk stond de gouden theepot te borrelen naast Lady Victoria's stoel. Staffa schonk een enorme kop ha-ha-thee voor haar in, en toen nog een, en nog een, en nog een, totdat Anne de tel kwijtraakte.

Lady Victoria was in een vreemde bui, opgewonden en giechelig. Als ze geen thee had zitten drinken, had Anne gedacht dat ze dronken was.

'Ach, naar de HEL ook met dat dieet!' schreeuwde Lady Victoria. 'Ik neem TIEN van die bakjes chocolademousse. Dit is een NOODGEVAL!'

Toen de bakjes chocolademousse arriveerden (binnengebracht door een serveerster die er nogal angstig bij keek) begon Lady Victoria te zingen:

Kom, laat me vertellen
hoe Tornado, vliegensvlug
de Koninginnebeker won
met Batsindo op zijn rug!

Staffa rolde met haar ogen. 'Trek je er maar niets van aan. Ze begint altijd te zingen als ze te veel op heeft.'

Het was een heel lang lied, en Anne kon niet alle coupletten volgen. Er was een heleboel gewauwel over een jockey die Batsindo heette, die op de dag van de wedstrijd een slecht voorteken had gezien in zijn ontbijt. Lady Victoria was nog steeds aan het zingen toen ze alle drie weer naar boven gingen, om te gaan slapen. 'Dit is het delige gedroefte,' zei ze wazig. 'Ik bedoel, het droevige gedeelte.' Plotseling in tranen zong ze:

Bij de derde afvoerput
riep Batsindo plots luid:
'Vaarwel, lieve moeder,
vaarwel, lieve bruid!'
Hij viel in de afvoerput
en kwam er nooit meer uit.

'Het spijt me zo dat je hiervan getuige moet zijn, Anne,' zei Staffa, en ze maakte de deur van de kamer open terwijl Lady Victoria, nog steeds zingend, tegen de muur aan zakte. 'Ze doet dit niet vaak. Ik denk dat ze in shock is, omdat haar hoed vlam had gevat. Welterusten.'

Anne lag nog uren wakker, onwennig in haar hotelbed. Ze miste haar slaapkamer thuis, met het verschoten behang van Pat de Postbode. Ze miste haar eigen bed, met het vertrouwde, hobbelige oude matras. En ze was geschrokken van Lady Victoria's vreemde gedrag, hoewel ze een giechel niet kon onderdrukken toen ze zich herinnerde hoe ze dat onnozele lied had staan brullen met haar rokende hoed.

Toen ze eindelijk in slaap viel, had ze een heel vreemde droom. Ze droomde dat Lady Victoria voor haar stond en de rok van haar blauwe satijnen jurk optrok. Onder de rok droeg ze een enorme lange onderbroek met kant (in haar droom deed Anne erg haar best om niet in lachen uit te barsten).

Er leek een soort geheim vakje te zitten aan de binnenkant van de linkerpijp. Lady Victoria haalde er iets uit wat heel klein was en dat blikkerde en vlamde, alsof er kleine bliksemschichten uitschoten. Ze torende boven Annes bed uit. Haar grote, zwaar opgemaakte gezicht kwam steeds dichterbij, tot Anne het uit wilde gillen. Het kleine voorwerp dat ze uit haar onderbroek tevoorschijn had gehaald verblindde Anne met zijn geschitter.

Toen schreeuwde Anne inderdaad, en daar werd ze wakker van. Ze had het lampje op het nachtkastje aangelaten, en het was geruststellend om het saaie, keurige hotelmeubilair te zien. Wat een belachelijke droom, dacht ze. Ze dommelde weer weg, en glimlachte nog even toen ze terugdacht aan de kanten onderbroek.

Het licht

De volgende ochtend werd Anne wakker doordat Staffa op haar deur klopte.

'Goedemorgen, Anne. Ik hoop dat je goed geslapen hebt. Moeder zegt dat je de blauwe rok moet aantrekken, met een geel vest en een gele maillot.'

'Mag ik zelf niet bepalen wat ik aan doe?' vroeg ze nors.

Staffa schudde haar hoofd. 'Je zult merken dat het makkelijker is om gewoon te doen wat ze zegt.'

'Ze is wel erg bazig,' kon Anne niet nalaten op te merken.

'Dat, mijn beste Anne, is nog heel zwak uitgedrukt. Ze is gewend om de baas te zijn, snap je. Thuis gehoorzaamt iedereen haar. Het zou vreemd zijn als jij dat dan niet deed.' Staffa keek op haar horloge. 'We ontbijten in dezelfde privékamer. Wil je een beetje opschieten?'

Anne nam een douche in haar eigen badkamer (een geweldige ervaring voor een meisje dat normaal gesproken een badkamer moest delen met zes jongens en een hoop modder), en kleedde zich toen aan volgens de instructies van Lady Victoria. De kleren bleken heel leuk te staan toen ze ze eenmaal aanhad, en daardoor zakte haar boosheid een beetje.

Staffa en haar moeder zaten al te wachten in de privékamer. Lady Victoria droeg een soort soldatenjasje met een bijpassende pet in felle tinten rood en groen, zodat ze eruitzag als de reuzenuitvoering van een kerstchocolaatje.

'Anne, mijn lieve kind!' zei Lady Victoria. 'Ik vrees dat ik nogal vervelend nieuws heb gekregen. Ik zal je niet lastigvallen met alle details, maar er is iets tussengekomen. Jij en Staffa zullen een paar dagen zonder mij moeten reizen.'

'Gaat u weg?' vroeg Anne, en ze probeerde niet al te hoopvol te klinken.

'Ja, maar Prockwald weet waar hij heen moet, en ik blijf niet lang weg.'

Staffa keek bezorgd. 'Weet je zeker dat het nog steeds geen probleem is om Anne mee te nemen?'

'Natuurlijk!' riep Lady Victoria. 'Anne MOET absoluut met ons mee naar huis! Maar er zijn een paar kleine dingetjes die eerst even geregeld moeten worden, en ik ben de enige die dat kan doen. Dus ik zie jullie over een paar dagen weer.'

'Mogen we wat cadeautjes kopen voor de Jongenstuin?'

'Ja, natuurlijk. Wat een alleraardigst idee. Pak maar geld uit de auto.'

'Dank je wel, moeder!' Staffa grijnsde naar Anne.

'Maar voordat ik ga,' zei Lady Victoria, 'moet ik jullie eraan herinneren – jullie allebei – dat jullie heel goed voor de beschilderde kist moeten zorgen.' De kist stond op een stoel naast haar. Ze gaf hem een liefkozend klopje. 'Denk eraan dat je hem nooit op zijn kant zet of door elkaar schudt, en dat je hem altijd rechtop vervoert. Staffa, als je een eindje met de kist moet lopen, gebruik dan alsjeblieft het tuigje. We kunnen niet riskeren dat hij valt.'

'Ja, moeder.'

Anne begreep dat de kist van onschatbare waarde was. Staffa en haar moeder deden er heel serieus over.

'Als jullie vanavond bij het hotel aankomen,' vervolgde Lady Victoria, 'mag je niemand anders de kist naar zijn kamer laten dragen. En vergeet niet de twee kandelaars er meteen voor te zetten. Je kunt de sleutel van de kamer van de kist het beste onder je hoofdkussen leggen. En het allerbelangrijkste... Anne, ik hoop wel dat je goed luistert!'

'Ja, Lady Victoria.'

'Het allerbelangrijkste is dat je DE KIST NOOIT OPEN MAG MAKEN! Heb je dat begrepen?'

'Jawel,' stamelde Anne. Als Lady Victoria zo schreeuwde, was het net alsof je een harde, koude windvlaag in je gezicht kreeg.

'O, hemel! Ik vind het echt niet prettig om hem achter te moeten laten.'

Staffa zei: 'Maak je geen zorgen, we zullen er goed op letten.'

'Tja, ik zal jullie moeten vertrouwen. Vergeet ook niet om even die boodschapjes voor me te doen.'

'Nee, moeder,' zei Staffa geduldig. 'Dat heb je nu al tien miljoen keer gezegd.'

'Niet zo brutaal, Staffa. Het gaat om belangrijke voorraden, voor de winter.' Lady Victoria stond op en torende in haar felgekleurde uniform boven de ontbijttafel uit, als een enorme tinnen speelgoedsoldaat. 'Goed dan. Veel plezier, meisjes.'

Ze bukte zich om hun beiden een zoen te geven (Anne werd onaangenaam herinnerd aan haar droom) en marcheerde de kamer uit.

Staffa en Anne staarden elkaar aan, nauwelijks in staat te bevatten hoe stil het opeens was.

'We zijn vrij,' zei Staffa. 'We kunnen doen waar we zin in hebben!'

'We moeten alleen wel die belangrijke wintervoorraad kopen,' zei Anne.

'De chocola, bedoel je.'

'Chocola? Ik dacht aan medicijnen, of couveuses voor baby's, of dat soort dingen.'

'Waar wij vandaan komen, Anne, is chocolade heel waardevol. Het wordt als een delicatesse beschouwd, en het is bijna onbetaalbaar.'

'O, ja?' Van zo'n plek had Anne nog nooit gehoord. Staffa's huis was kennelijk wel erg ver bij de winkels vandaan.

Het was heerlijk om alleen met Staffa te zijn. Nadat Staffa de rekening (met contant geld) had betaald gingen ze in een opperbeste stemming op weg. Prockwald reed ze naar een gezellig klein marktstadje, dat wel wat op de stad bij Lumpton leek, maar dan met mooiere winkels.

Staffa stak haar hand in het geheime vak voor nog een pak bankbiljetten. 'Ik laat moeders lijstje wel achter in de chocoladewinkel, dan kunnen wij ondertussen cadeautjes gaan kopen voor de jongens. Ik wil een rode driewieler voor kleine Ted en gameboys voor de tweeling.'

'Gameboys! Je kunt niet zulke dure dingen voor ze kopen!'

'Waarom niet?'

Anne zei: 'Dat weet ik niet. Maar het voelt gewoon niet goed. Je hebt ons al zo veel gegeven. Ik denk niet dat mijn ouders het leuk zullen vinden.'

Tot haar verbazing pakte Staffa haar beide handen beet. 'Toe nou, Anne. Alsjeblieft? Ik mag nooit iets van iemand. En het zou me zo gelukkig maken! Ik heb nog nooit eerder echte vrienden gehad!' Haar stem klonk schril, en ze zag er heel kinderlijk uit. 'Ik heb toch niets aan dit geld. En voor deze ene keer wil ik het uitgeven op een manier die zorgt voor blijdschap.'

'Goed dan,' zei Anne. Haar ouders zouden misschien wat moeite hebben met zulke dure cadeaus, maar ze had geen zin meer om ertegenin te gaan. Het was kennelijk heel belangrijk voor Staffa, en de jongens zouden het geweldig vinden.

Staffa ging met haar moeders lijstje een winkel

binnen die 'Het Chocoladepaleis' heette, en daarna kochten zij en Anne prachtige cadeaus voor iedereen in de Jongenstuin, inclusief het paard Leonard. Ze hadden de grootste lol. Sommige winkelbedienden keken nogal vreemd op als Staffa haar stapel bankbiljetten tevoorschijn haalde. Een paar hielden de biljetten wantrouwig tegen het licht. Maar elke keer zei ze dat ze haar 'verjaardagsgeld' aan het uitgeven was. En Anne merkte op dat ze expres niet te veel in één winkel kocht.

'Vanavond in het hotel gaan we alles inpakken,' zei Staffa blij. 'En dan vragen we de mensen van het hotel om morgen alles op te sturen. Wat zullen de jongens blij zijn als ze hun pakjes openmaken.'

Anne lachte. 'Blij? Ze gaan helemaal uit hun dak!'

'Ik wou dat ik het gezicht van kleine Ted kon zien,' zei Staffa verlangend.

'Staffa, het moet toch mogelijk zijn dat je weer terugkomt naar de Jongenstuin?' Voor het eerst bedacht Anne hoe saai het thuis zou zijn zonder haar nieuwe vriendin. 'Kun je Lady Victoria niet zover krijgen dat je ons nog een keer mag bezoeken?'

Staffa zuchtte en schudde haar hoofd. 'Het heeft geen zin.'

'Maar waarom niet?'

'Je zult het wel begrijpen als je eenmaal bij mij thuis bent. Kom, laten we gaan lunchen. En dan nemen we iets wat mijn moeder niet lekker vindt, want die is er nu toch niet.'

Ze aten hamburgers, iets wat hun moeders allebei niet lekker vonden. Toen ze terugkwamen bij de auto troffen ze Prockwald en een andere man die tientallen dozen chocolade aan het inladen waren. Staffa haalde nog wat geld uit de auto om de chocoladewinkel te betalen. Kwam er dan nooit een einde aan die voorraad bankbiljetten? Annes hoofd tolde nog na van het verboden eten, de frisdrank en hun luxueuze winkeltocht. Wat was dat leuk geweest! Nu ze van Lady Victoria verlost waren, had ze het nog veel meer naar haar zin.

Prockwald bracht ze naar weer een ander plattelandshotel. Weer kreeg de beschilderde kist zijn eigen kamer. En weer zette Staffa hem heel voorzichtig op tafel, geflankeerd door zijn twee bewakers, de gouden kandelaars. Toen dat gebeurd was, deed ze snel de deur op slot. Ze was duidelijk opgelucht.

Anne vroeg: 'Waarom moet die kist een eigen kamer hebben? Ik bedoel, zou het niet veel goedkoper zijn als hij gewoon bij jou op de kamer stond? En wat is dat gedoe met die kandelaars?'

'O, daar kom je nog wel achter,' zei Staffa vaag. 'Het spijt me, maar ik kan het je gewoon niet uitleggen. Je zou het niet begrijpen.'

Anne besefte dat ze het daarmee moest doen, omdat Staffa haar voorhoofd fronste en weer die koppige blik in haar ogen kreeg. Maar ze wist dat Staffa en haar moeder een geheim hadden, en ze wilde graag weten wat het was. Er moest toch een verklaring zijn voor al die vreemde dingen. De geldbuidel in de auto, die nooit leeg leek te raken. De manier waarop die twee de beschilderde kist leken te aanbidden. De geheimzinnige reden van Lady Victoria's vertrek. Ze besloot Staffa wat minder vragen te stellen, maar wel haar ogen goed open te houden.

Zo lang Anne geen lastige onderwerpen aansneed, hadden Staffa en zij een geweldige avond op haar hotelkamer. Ze belden de Jongenstuin, waarbij ze goed opletten dat ze niets zeiden over de cadeaus of over het feit dat Lady Victoria niet langer bij hen was. Ze lieten hun avondeten op de kamer serveren, dronken nog wat frisdrank uit de minibar en keken naar een film op televisie.

'Anne, dit is werkelijk het paradijs,' verzuchtte Staffa. 'Ik wou dat we de hele vakantie zo konden doorbrengen.'

'Wil je dan niet naar huis?'

'Alleen als jij er ook bent,' zei Staffa. 'Het zal vreselijk zijn als je weer weg bent. Maar laten we daar nu nog maar niet aan denken.'

De volgende dag reden ze weer verder. Anne vroeg waar ze heen gingen, maar Staffa zei alleen maar dat het 'in het noorden' was. Ze reden langs dorpen, velden, bossen en rivieren. Heel soms reed de grote auto een stukje over de snelweg. Maar meestal koos Prockwald de kleinste weggetjes. Verlaten laantjes en kronkelige paden vol richtingaanwijzers naar dorpjes waar Anne nog nooit van had gehoord. Het enige wat ze zeker wist was dat ze nu in Schotland waren. Ze stopten maar heel even, om sandwiches voor de lunch te kopen en een geruit blik met Schotse crackers voor Lady Victoria.

'Dat vindt moeder lekker bij het ontbijt,' zei Staffa. 'Met slakkenpasta erop.'

'Wat?'

Staffa keek ongemakkelijk. 'Neem me niet kwalijk, ik bedoel chocopasta. Ik versprak me.'

Het landschap om hen heen werd steeds ruiger en onherbergzamer. Anne zag alleen nog kale heuvels en donkere wouden. Toen het begon te schemeren, keek ze uit naar het hotel waar ze de nacht zouden doorbrengen. Maar er was nergens een gebouw te bekennen. Eindeloos reden ze verder, tot ze bij een spiegelgladde, loodgrijze zee kwamen. Prockwald hield halt bij een verlaten steiger waar een grote platte schuit klaarlag.

Anne begreep dat ze het uiterste puntje van Schotland hadden bereikt. Ze vroeg: 'Moeten we er hier uit?' Ze huiverde. Dit was een onheilspellende, verlaten plek, spookachtig leeg, en het voelde als het randje van de wereld. Waar was het prachtige kasteel dat haar was beloofd?

'Nee,' zei Staffa. 'Wij blijven in de auto zitten. De oversteek duurt niet lang.'

'Waar gaan we heen?'

'Naar ons eiland.'

'Jullie éígen eiland? Meen je dat?' Anne wist niet dat zoiets mogelijk was.

'Het is te laat om nog door te reizen naar mijn huis, dus logeren we vannacht bij Prockwald en zijn vrouw, op hun boerderij.'

Anne fluisterde: 'Is Prockwalds vrouw net als hij? Ik bedoel, zegt ze wel eens wat?'

'O, ja. Die zegt genoeg,' verzekerde Staffa haar. 'En ze kan ook heerlijk koken.'

Prockwald reed de auto zo de platte schuit op. Langzaam voer de boot weg. Anne keek uit het raam en zag niets dan grijze zee zover het oog reikte, alsof de auto op het water reed. In de invallende duisternis, gewiegd door de golven, vielen Anne en Staffa allebei in slaap.

Anne werd langzaam wakker, met het gevoel dat er iets mis was. Ze reden weer, nu over een hobbelige weg. Er scheen een of ander licht door haar gesloten oogleden. Was het al ochtend?

Ze opende haar ogen. Buiten het raam was alles duister. Maar vanbinnen was de auto gevuld met een merkwaardig zilveren licht, heel fel en scherp als een mes.

Het scheen naar buiten door een klein kiertje in de beschilderde kist.

Anne was heel bang. Ze wilde Staffa wakker maken, maar ze kon niets zeggen, en zich niet bewegen. De kist stond niet in brand. Daar was het licht te gelijkmatig voor, en het was te fel om van vlammen te komen. En er was geen rook.

Zat er misschien iets elektrisch verborgen in die kist,

iets wat ze per ongeluk hadden ingeschakeld? Wist ze maar wat meer van natuurkunde. Misschien hadden ze wel iets radioactiefs bij zich. Ze wist zeker dat radioactieve dingen gloeiden in het donker. Had Lady Victoria ze achtergelaten met een kernbom?

Rustig, maande ze zichzelf. Niemand stopt een kernbom in een beschilderde kist. Zelfs Lady Victoria was daar niet geschift genoeg voor.

Ze siste: 'Staffa!'

En plotseling was het vreemde licht verdwenen.

Van de andere kant van de auto vroeg Staffa: 'Wat is er?'

'O, ik dacht dat je sliep. Zag je het niet?'

'Wat bedoel je?'

'Het licht in die kist. Er scheen een licht binnen in de kist...'

Staffa grinnikte. 'Je lag zelf te slapen, Anne. Je hebt het gedroomd.'

'Nee, het was geen droom. Echt niet. Toen ik jouw naam zei ging het uit.'

'Omdat je daarmee jezelf wakker maakte. Je was aan het dromen, heus.'

'Niet waar!'

'Er zit geen licht in die kist,' zei Staffa. 'Ik wou dat ik hem kon openmaken, om het je te laten zien.'

'Waarom kun je hem dan niet openmaken? Wat zit er in?'

Staffa haalde haar schouders op. 'Familiedocumenten,

geloof ik. Eerlijk gezegd weet ik het niet precies. Maar ik kan je wel vertellen dat je aan het dromen was, toen je dat licht zag.'

'O...' Anne geloofde nog steeds dat ze het echt had gezien, maar begon zich nu toch af te vragen of haar zintuigen haar voor de gek hadden gehouden. Ze moest toegeven dat het veel waarschijnlijker was dat ze het had gedroomd. Aan de andere kant was er iets heel vreemds aan deze vakantie, en het werd met de minuut vreemder.

Het huis aan de rand
van de wereld

Ze stopten heel plotseling, bij een huis dat in een zee van duisternis leek te drijven. Staffa maakte voorzichtig de veiligheidsriem van de kist los en nam hem in haar armen.

Er viel licht naar buiten door de open voordeur. Iemand was het huis uit gekomen om hen te begroeten. Aan de ronde vormen te zien was het een vrouw, vermoedde Anne. Ze droeg een tuinbroek en haar gezicht was gewikkeld in zwarte sjaals, net als dat van Prockwald. Ze hielp beide meisjes uit de auto, terwijl haar man hun bagage uit de kofferbak haalde.

'Hallo, mevrouw P.,' zei Staffa, en ze gaf de sjaals een liefhebbende zoen. Daarna overhandigde ze haar de kist. 'Nog nieuws van mijn moeder?'

'Ja, juffrouw Staffa. De problemen zijn voorbij en alles is weer bij het oude.' Haar stem klonk hoog en traag, alsof ze zong, met een opgewekte cadans. 'Welkom, juffrouw Anne. Schrik alstublieft niet van mijn zwarte sjaals. Mijn dierbare echtgenoot en ik zijn allergisch voor huisstofmijt, en als we onszelf niet bedekken lopen we voortdurend te niezen. Jullie kunnen maar beter meteen naar boven gaan.'

Anne voelde zich al wat minder vreemd. Het boerenhuis was heel kaal en schoon, maar tegelijk warm en gast-vrij. De sjaals van mevrouw Prockwald waren niet onheil-spellend, als je het eenmaal wist van die huisstofmijt, en haar stem had iets heel geruststellends en liefs. Ze maakte de zwijgzaamheid van haar man meer dan goed.

'Alles staat al klaar. Ik heb een eenvoudig maal van gepocheerde eieren en chocoladecake op jullie kamers klaargezet. Lady Victoria zegt dat jullie alle twee met-een naar bed moeten, en niet nog uren moeten blijven kletsen.'

Staffa gaapte luidruchtig. 'Nou, ik vind het niet erg. Ik ben echt uitgeput. Jij niet, Anne?'

'Eh... ja,' zei Anne. 'Natuurlijk.' Ze was veel te nieuwsgie-rig om ook maar aan slapen te denken, en ze wilde vooral graag weten waar de kist de nacht zou doorbrengen.

Mevrouw Prockwald ging hen voor de trap op, naar een overloop waar verschillende deuren op uitkwamen. Een van die deuren deed ze open. Anne zag een klein ka-mertje, niet veel meer dan een diepe kast, waarin niets stond behalve een tafel.

Mevrouw Prockwald zette de kist op de tafel, plaats-te de gouden kandelaars ernaast en sloot toen ferm de deur. 'Het is niet de mooiste kamer, maar de kist kan vast wel tegen een nachtje zonder luxe. Er is geen sleu-tel, maar die heb je hier ook niet nodig. Het is hier vol-komen veilig.'

Onder het praten had mevrouw Prockwald Anne naar een grote, knusse slaapkamer geleid. Er stonden niet veel meubels, maar er waren wel vrolijke gordijnen en lampen en er brandde een haardvuur. Op een klein tafeltje voor de haard stond een merkwaardig avondmaal van twee gepocheerde eieren, een grote chocoladecake en verder niets.

'De badkamer is tussen jullie slaapkamers in, juffrouw Anne. Die deelt u met juffrouw Staffa.'

'Dank u wel, mevrouw P.,' zei Staffa, die alweer gaapte. 'We kunnen maar beter gaan slapen. Welterusten, Anne.'

Ze ging haar eigen kamer binnen en sloot de deur. Mevrouw Prockwald liep de trap weer af. Anne bleef in haar eentje achter. Ze ging op haar bed zitten en luisterde. Roerloos zat ze daar, tot het hele huis stil was, en ze alleen nog het bonzen van haar eigen hart kon horen. Ze had een besluit genomen. Ze zou haar belofte aan Lady Victoria verbreken, want ze kon haar nieuwsgierigheid niet langer bedwingen.

Huiverend van opwinding en angst trok ze haar schoenen uit en sloop ze zo stil mogelijk haar slaapkamer uit. De gang was verlaten. Heel langzaam en voorzichtig opende Anne de deur van het kamertje van de kist en glipte naar binnen.

Het kamertje was donker, maar er kwam net genoeg maanlicht door het raam om iets te kunnen zien. Annes mond was kurkdroog. Als Lady Victoria hier ooit achterkwam, wat zou ze dan doen?

Heel, heel voorzichtig tilde ze het deksel van de beschilderde kist ongeveer een centimeter omhoog. Ze zag licht binnenin, maar een heel ander licht dan wat ze had gezien in de auto. Anne ging op haar hurken zitten, hield haar oog voor de opening en hapte naar adem.

Ze zag een piepkleine kamer, zoals in een poppenhuis. Maar de kamer in de kist was veel gedetailleerder uitgevoerd dan ze ooit in een poppenhuis had gezien. Elk minivoorwerpje was perfect. Er stonden kleine bankjes en tafeltjes, boekenkastjes gevuld met piepkleine boekjes en er hingen kleine schilderijtjes aan de muren. In de haard gloeide een klein vuurtje. Anne vond het schitterend. Opgelucht blies ze haar adem uit. Ze hadden dus geen kernbom of iets dergelijks bij zich gehad. Lady Victoria had al die stennis alleen maar gemaakt om een heel mooi stuk speelgoed.

En toen gebeurde er iets verschrikkelijks.

In de kleine kamer ging een deur open. Een klein figuurtje met donker haar liep de kamer in. Het rekte zich uit, gaapte, en pookte het vuurtje op met een klein haardijzer. Het pakte een boekje van het kleine ronde tafeltje naast een van de bankjes.

Het was Staffa.

Anne werd duizelig, en een beetje misselijk. Dit moest een droom zijn, of een waanbeeld. Een of andere truc. Dit kon niet echt zijn.

Ze keek toe, geboeid en angstig tegelijk, terwijl de kleine Staffa het boek onder haar arm stopte en de kleine kamer door liep om alle lampjes uit te doen. Toen ze daarmee klaar was, liep ze weer naar buiten en sloot ze de kleine deur achter zich. Het binnenste van de beschilderde kist was nu gehuld in duisternis, op het gloeien van het piepkleine haardvuurtje na.

Anne sloot de kist en verliet de kamer. Haar vingers trilden, en onhandig sloot ze de deur. Haar nekharen kwamen overeind toen ze daarbij een zacht geluidje maakte. Ze was erg bang, maar ze moest met Staffa praten. En deze keer zou Staffa haar een echte verklaring moeten geven.

Ze probeerde de deur van Staffa's kamer. Die zat op slot. Ze ging de gezamenlijke badkamer binnen, en de deur die van daaruit naar Staffa's kamer leidde bleek ook afgesloten.

Haar bed is leeg, dacht Anne. Ze zit in de kist, en ik ben hier helemaal alleen. Ze ging op haar bed zitten om alles goed te overdenken.

Eerst had ze die droom gehad over Lady Victoria, toen was er dat licht in de kist geweest, en nu dit. Staffa had gezegd dat ze zich maar wat inbeeldde. Of ze was gek aan het worden, óf het geheim van de kist was wel héél merkwaardig.

Annes kamer was gezellig en knus, en daardoor werd ze iets kalmer. Plotseling besefte ze dat ze honger had, en ze at de gepocheerde eieren en een klein stukje van de chocoladecake. Het was al na middernacht en ze was heel moe, maar slapen kon ze niet. Ze wilde zo graag nog een keer in de kist kijken.

Weer sloop ze door de gang. Weer glipte ze de kamer

van de kist binnen. Ze haalde diep adem, tilde het deksel ongeveer tien centimeter op, en zag niets behalve de binnenkant van een lege houten kist.

Ze was zo opgelucht dat ze bijna in lachen uitbarstte. Er was geen miniatuurkamertje met minimeubeltjes. Het was gewoon weer zo'n droom geweest, terwijl ze nog wakker was, zoals de laatste tijd wel vaker gebeurde. Dat kwam misschien doordat ze zo moe was, dacht ze. Ze ging terug naar haar kamer en kroop in bed.

Het eerste wat Anne hoorde toen ze wakker werd was gezang. Ze opende haar ogen. De ochtendzon stroomde de kamer binnen, zo helder en fris dat ze meteen zin kreeg om naar buiten te gaan. Mevrouw Prockwald was het ronde tafeltje aan het dekken, terwijl ze een lied zong waarvan Anne de woorden niet kon verstaan. Het klonk als 'zijn hart was zo groot als een keverpoot'. Ze ging rechtop zitten.

'Goedemorgen, juffrouw Anne!' zei mevrouw Prockwald met haar zangerige stem. 'Ik heb een plak ham en een vruchtentaart voor u klaargezet. Lady Victoria zegt dat u het allemaal moet opeten, omdat u vanochtend een lange wandeling gaat maken.'

'Lady Victoria? Is die dan hier?' Anne kon haar teleurstelling niet verbergen. Ze hadden zo veel lol gehad zonder haar.

'Jazeker. Ze is beneden. Ze zegt dat u uw jongensbroek en jongensschoenen aan moet doen.'

Anne haalde haar Jongenstuinkleren uit haar rugzak en trok ze aan. Na de meisjesachtige dingen die Lady Victoria voor haar had gekocht, voelden ze als goede oude vrienden. Ze had honger, maar in ham of vruchtentaart had ze echt geen zin. Mevrouw Prockwald hield er rare ideeën op na over eten.

Staffa wachtte beneden in de gang. 'Goed, Anne. Ben je er klaar voor?'

Anne vroeg: 'Waarvoor?'

'Vandaag gebeurt het. We nemen je mee naar huis. Vanavond slaap je op ons kasteel.'

'Dan is jullie kasteel wel een heel eind weg,' zei Anne. 'Ik heb uit het raam gekeken, maar ik zag in de wijde omtrek geen enkel gebouw. Alleen maar kale heuvels.'

Staffa zei: 'Je zult het wel zien. Het is wel een eind lopen, ben ik bang.'

'Ha, mijn lieve kind!' Lady Victoria schreed statig de gang in. Ze was gekleed in een nogal opzichtig wandelkostuum van donkerrood ribfluweel en ze droeg een klein pikhouweeltje dat van puur zilver leek te zijn. 'Eindelijk komt onze lange reis ten einde. Staffa, heb je onze lunch ingepakt, lieverd?'

'Ja, moeder.'

'Laten we dan op weg gaan naar onze bestemming.'

Lady Victoria droeg een soort leren tuigje over haar wandelkleren. Mevrouw Prockwald gespte de kist zorgvuldig vast met de riemen, zodat hij onder Lady Victoria's formidabele boezem weggestopt zat, als een baby in een draagdoek. Staffa nam de zak met de gouden kandelaars. Anne vroeg zich af wat er met de rest van hun bagage zou gebeuren, maar ze wilde het liever niet vragen. Met zijn drieën liepen ze naar buiten, de zonnige ochtend in. Anne draaide zich nog een keer om en zag meneer en mevrouw Prockwald bij de voordeur van hun eenzame huis een diepe buiging maken.

Ze begonnen een steile, rotsige heuvel te beklimmen.

'Deze wandeling zal je misschien zwaar vallen, mijn lieve Anne,' zei Lady Victoria. 'We zullen ons best doen je niet te veel uit te putten.'

Ze gooide haar schouders naar achteren en begon te zingen:

Ik wandel toch zo graag
terug naar mijn huis in de bergen.
Falderidi, falderida! Uche, uche – O, o!
Ik moet echt even zitten!

Lady Victoria liep erg langzaam. Ze pufte en kreunde en haar gezicht werd net zo rood als haar pak. Anne, die de heuvel moeiteloos beklom, vond haar een ongelooflijke slapjanus.

De rest van de ochtend klauterden ze verder. Anne genoot ervan. Er stond een koel briesje dat rook naar de zee, en het was heerlijk fris na al die dagen in de auto.

'Daar zijn we!' zei Lady Victoria, naar adem happend.

'Eindelijk weer thuis!'

Anne keek om zich heen. Ze begreep er niets van. Ze stonden op de top van een kale heuvel, op een paar passen van een hoop grote rotsblokken. Zover het oog reikte werden ze omringd door dor gras en rotsen. Waar was nou dat befaamde kasteel?

Lady Victoria zeeg ineen op een grote graspol. 'Oef! Ik kan geen stap meer verzetten. Anne, kindje, zie je die stapel rotsblokken daar?'

'Ja,' zei Anne. Natuurlijk zag ze die. Er was verder niets te zien.

'En zie je die twee grootste rotsen, helemaal onderaan?'

'Ja.'

'Pak de kist en zet hem tussen die twee stenen in, zo ver mogelijk naar achteren. Begrijp je dat?'

'Ja,' zei Anne weer. Lady Victoria's stem klonk nu schel en streng, en behoorlijk angstaanjagend. Anne piekerde er niet over haar bevel te negeren.

Lady Victoria gespte het leren tuigje los. Anne pakte de kist en droeg hem naar de rotsblokken. Ze vond de twee grote stenen onder aan de hoop. De kist paste er precies tussen.

'Blijf nu heel stil staan,' zei Staffa, 'en verroer je niet.'

Haar spitse gezichtje was bleek en vastberaden, terwijl ze langzaam op Anne af kwam lopen. Onder het lopen trok ze de gouden ring die ze aan haar rechterhand droeg van haar vinger.

'Staffa? Wat doe je?'

'Niet bewegen!'

'Wacht even,' zei Lady Victoria, die haar rode mantel om zich heen schikte. 'Vergeet onze lunch niet.'

Staffa slaakte een geërgerde zucht. 'Kun je nou nooit eens aan iets anders denken?'

'Jij zult daar anders ook aan denken, jongedame, als je honger hebt en er niets te eten is.'

'O, goed dan. Sorry hiervoor, Anne.' Staffa haalde een chocoladetruffel uit haar zak. Die legde ze voorzichtig op de grond, vlak bij de neus van Annes gymschoen.

'Luister eens, wat gebeurt hier allemaal?' vroeg Anne. 'Waar is jullie huis?'

Staffa zei: 'Er zijn een paar dingetjes die ik je nog niet verteld heb over ons huis. Eerlijk gezegd was ik bang dat je niet mee zou willen, als je het wist.'

'Als ik wat wist? Staffa, waar heb je het over?'

Staffa pakte Annes rechterhand. 'Je kunt het beste zo min mogelijk bewegen. Het doet misschien een beetje pijn, maar wees niet bang. Het is zo voorbij.' Ze schoof haar gouden ring om Annes pink.

Anne gilde het uit. De koude metalen band werd steeds strakker, tot de pijn ondraaglijk was. Net toen haar bot op het punt stond te versplinteren, hield de pijn plotseling op. Iets als een enorme windvlaag sloeg haar tegen de grond. Om haar heen was alles donker. Ze

viel, viel, viel...

en toen was er niets meer.

Een megatruffel

Toen ze weer enigszins bij haar positieven was, besefte ze dat ze op de grond lag, ergens diep in een bos. Wat een vreemde bomen, dacht ze wazig. Ze hadden enorme stammen die op rietstengels leken en ze hadden geen bladeren. Ze knipperde een aantal keer met haar ogen, om haar blik weer scherp te krijgen. Een eindje verderop zag ze Lady Victoria zitten, met haar rug tegen een van de vreemde bomen. Ze haalde een spiegeltje en een lippenstift uit haar handtas en begon haar grote rode lippen opnieuw te stiften. Anne kon zich niet bewegen, en ze kon geen woord uitbrengen. Het leek alsof ze in een droom naar iemand keek.

Er klonk een ratelend geluid. Tussen de bomen door kwam het meest afstotelijke wezen dat Anne ooit had gezien, zwart en metalig en zo groot als een karrenpaard, met enorme bolle ogen en lange harige poten. Het ding schuifelde naar Lady Victoria. Anne probeerde te gillen.

Lady Victoria keek op naar het afschuwelijke wezen en maakte een afkeurend geluid. 'Staffa? Staffa? Waar ben je nou? Je weet dat ik een hekel heb aan mieren!'

In haar idiote droom zag Anne dat Staffa een geweer vasthield. Heel kalmpjes schoot ze het wezen door zijn kop. Het zakte langzaam ineen op de grond, als een in-stortende bouwsteiger.

'Niet zo tuttig, moeder,' zei Staffa. 'Een picknick zon-der mieren bestaat nu eenmaal niet.'

'Jasses, die vreselijke beesten! En vind je niet dat ze stinken, als ze doodgaan? Op deze manier verlies ik he-lemaal mijn eetlust. Is Anne al wakker?'

Anne probeerde te zeggen dat ze wakker was. De woorden kwamen niet over haar lippen.

'Nee,' hoorde ze Staffa zeggen. 'Maar ze lijkt me in orde. Misschien krijgen we haar mee zonder een al te grote schok. Tenminste, als jij haar niet bang maakt.'

'Onzin,' zei Lady Victoria opgewekt. 'Ze is nu een van ons, dus ze kan er maar beter aan wennen.'

Plotseling wist Anne wat er was gebeurd. Ze had wel eens een mier bekeken met een vergrootglas, en die had er precies zo uitgezien als dit dode, zwarte monster. En als dat monster een mier was, dan waren die vreemde bomen misschien wel grassprieten, en dan was die berg daar in de verte de hoop rotsblokken. Ze waren alle drie gekrompen tot ze nog kleiner waren dan insecten. Ze waren zelfs kleiner dan de kleine Staffa die ze binnen in de kist had gezien (of was dat toch een droom geweest?). Deze nachtmerrie was echt vreselijk verwarrend. Waar-om werd ze nou niet gewoon wakker?

'Nee, lieve Anne, je droomt niet,' zei Lady Victoria glimlachend. 'Dit is allemaal echt. Je bent het konink-rijk Eck binnengegaan. Ik denk dat je prinses Staffa wel gewoon bij haar naam kunt blijven noemen, maar mij moet je nu aanspreken met "majesteit".'

Anne was sprakeloos van verbazing. Nog helemaal duizelig ging ze rechtop zitten en ze luisterde naar de schelle stem van de vrouw die beweerde dat ze een koningin was.

'Om een lang verhaal kort te maken, kindje: we nemen je mee naar ons paleis. Daar zul je mijn zoon ontmoeten, koning Qilliam de Zevende. Staffa's grote broer.'

Anne wendde zich tot Staffa. 'Is je broer een koning?' (Koning van wat, eigenlijk?)

'Nu begrijp je waarom ik je de waarheid niet kon vertellen,' zei Staffa. 'Je zou me nooit geloofd hebben. En ik wilde je zo graag mee naar huis nemen. Echt heel graag! Maar als je het vreselijk vindt, mag je meteen weer naar huis. Vind je het vreselijk?'

'Ik... ik weet het niet,' zei Anne, nog helemaal wazig. 'Weet je zeker dat dit geen droom is?'

'Ja, heel zeker. Dit is net zo echt als de Jongenstuin. Ik heb zo'n zin om je alles te laten zien.'

'Maar eerst,' zei koningin Victoria, 'gaan we lunchen.'

Ze stond op, hijgend en puffend, en veegde wat aarde van haar rode pofbroek.

Anne zag iets verderop een enorme, glimmende, donkerbruine bult liggen, zo groot als een tuinschuur. De koningin liep ernaartoe. Ze hakte met haar zilveren pikhouweel in het gladde oppervlak, tot het met een luid gekraak openbarstte.

'Doe jij de rest maar, Staffa. Ik wil graag een lekker groot stuk.' Koningin Victoria pakte een wit servet uit haar handtas en maakte dat vast onder haar kin.

Staffa had een groot mes in haar hand. Ze liep naar de bruine homp en hakte en zaagde tot ze een stuk had van het formaat van een stoeptegel. De koningin griste het uit haar handen en begon er gulzig in te happen met haar grote rode mond. De geur van chocolade was overweldigend. Anne besefte dat de bruine homp de chocoladetruffel was die Staffa op de grond had gelegd. Ze had honger, maar het zware blok chocola dat Staffa haar gaf, maakte haar misselijk. Ze kon maar een klein stukje wegkrijgen.

De koningin at twee grote brokken, grommend van genoegen. 'O, dit is subliem! Je zult nog wel merken, Anne, dat er een tragisch tekort aan suiker bestaat in ons koninkrijk. We mogen niets verspillen. Ik zal de Meeuwenpatrouille opdragen de rest van de truffel naar huis te brengen, voor bij de thee.'

Staffa zei: 'Ik weet niet of we daar wel genoeg soldaten voor hebben.'

De koningin was geïrriteerd. 'Onzin, er zijn altijd genoeg soldaten. Goed, laten we aan onze reis beginnen. Ik heb tegen Qilly gezegd dat we op tijd thuis zouden zijn voor het avondeten.'

Anne waagde het te vragen: 'Waar gaan we heen?'

'Naar de kist, natuurlijk,' zei Staffa. 'Aan de andere kant van dit woud.'

'Woud? O, je bedoelt het gras.'

'Ja.' Staffa pakte haar geweer op. 'Ik ga wel voorop. Blijf jij maar vlak bij moeder.'

'Wat is de Meeuwenpatrouille?'

Staffa klonk grimmig. 'Laten we hopen dat je daar nooit achter komt.'

In ganzenpas liepen ze tussen de hoge grassprieten door. Staffa ging voorop, daarachter kwam Anne, en dan de koningin. Het licht was somber en schemerig, en er hing een sterke geur van gemaaid gras. Na ongeveer een half uur schoot Staffa nog een mier dood.

Dit alles was zo vreemd en fascinerend dat Anne niet langer bang was. De wereld was heel anders, als je zo klein was. Het gras krioelde van de insecten, sommige zo klein dat je ze nooit had kunnen zien met normale mensenogen. Ze kwamen langs een dikke kever, zo groot als koningin Victoria, met een rug die glom als zwart plastic en vervaarlijke klauwen die op nijptangen leken. Anne werd er nerveus van, maar Staffa verzekerde haar dat het dier ongevaarlijk was. Hij stommelde onhandig in het rond, snuffelend aan de aarde, en sloeg geen acht op de drie kleine figuurtjes.

Een zeemeeuw krijste boven hun hoofd.

Staffa schreeuwde: 'Hij heeft ons gezien. Liggen!'

Koningin Victoria gilde het uit en wierp zichzelf op de grond, zonder ook maar aan haar deftige kleren te denken. Een donkere schaduw viel over hen heen.

'Anne, ga liggen!' riep Staffa.

De zeemeeuw kwam in een duikvlucht omlaag. Het was een verbijsterend en angstaanjagend schouwspel, alsof er een passagiersvliegtuig midden in je tuin landde. Zijn enorme snavel ging open. Anne liet zich op de grond vallen. Staffa bleef moedig overeind staan. Ze schoot de enorme vogel in zijn nek en in zijn gigantische witte buik. De kogelgaten waren klein, maar de zeemeeuw vloog weg, met nog een laatste oorverdovende schreeuw.

'Goed gedaan, Staffa,' zei koningin Victoria, naar adem happend. 'Dat scheelde niet veel. Help me eens overeind, meisjes.'

Anne en Staffa hesen de omvangrijke koningin weer op haar voeten.

'Aan deze kant van de kasteelpoort,' zei Staffa tegen Anne, 'zijn de zeemeeuwen onze grootste bedreiging. Ze storten zich op onze soldaten en nemen ze mee in hun snavel. Vorig jaar zijn we op die manier een heel peloton kwijtgeraakt.'

'De andere vogels laten ons meestal wel met rust,' zei koningin Victoria. 'We hebben wat problemen gehad met de papegaaiduikers, maar die zijn niet lang zo slim als de meeuwen. Ja, die afschuwelijke vogels hebben het echt op ons gemunt.'

Ze liepen verder. Anne zorgde ervoor dat ze dicht bij Staffa bleef. Ze had weinig zin om te worden ontvoerd naar een of ander nest dat naar vis stonk. Deze nieuwe wereld was gevaarlijk. Ze vroeg zich af wanneer Staffa geleerd had een wapen te gebruiken, en ze wenste dat haar broers hadden kunnen zien hoe ze ermee schoot. Haar maag gromde. Ze hoopte maar dat er op de plek waar ze heen gingen ook wat normaal eten was.

Het was een lange wandeling, maar uiteindelijk, toen de zon al onderging, kwamen ze uit het bos en zagen ze de kist.

'Oost west, thuis best!' zei de koningin opgewekt.

Anne had aangenomen dat de afbeeldingen op de kist er grof en onecht uit zouden zien, nu ze zelf zo klein was. Maar ze waren juist nog verfijnder dan ooit. Ze zou zweren dat het een echte zonsondergang was, boven die geschilderde bossen en heuvels, en ze kon de geschilderde takken bijna zien bewegen in een spookachtig briesje. De lucht was vol van vreemde geuren, alsof die uit de geschilderde velden wasemden.

De koningin zei: 'Anne, liefje, ren jij eens naar de kist. Klop drie keer kort aan met die gouden ring om je vinger, en ren dan zo hard mogelijk weer terug.'

Anne liep naar de kist. Ze verwachtte dat haar hand er dwars doorheen zou gaan als ze aanklopte, maar de beschilderde zijkant was hard. Ze klopte drie keer, met de ring die Staffa om haar vinger had geschoven.

'Achteruit!' riep Staffa. 'Snel, naar achteren!'

Anne rende terug naar Staffa. Onder haar voeten voelde ze de aarde beven. Er klonk een luid gerommel, alsof er onder de grond een enorme machine was ingeschakeld. Ze greep Staffa's hand beet. De kist begon alarmerend te schudden. Anne zette zich schrap voor een explosie. In plaats daarvan klapten de zijkanten van de kist opeens open.

Uit de kist ontvouwde zich een kasteel, toren na toren. In een grote stofwolk en met donderend geraas kwamen de stenen muren naar beneden. Vanuit de kasteeltorens ontrolde zich een prachtig landschap, bedekt met sappige weilanden en groene bossen. Er stak een flinke wind op en de twee landschappen, het kale Schotse eiland en dat op de kist, wervelden om hen heen tot de kleuren één groot waas vormden.

De Eckers

De wind ging weer liggen, net zo plotseling als hij was opgestoken. Anne zag dat ze niet langer kleine figuurtjes op een kale heuvel waren, maar drie personen van normale lengte die voor een stenen poort stonden. Ze zag een valhek, een slotgracht en een ophaalbrug, net als bij het plastic kasteel thuis, van Mark en Paul. Felgekleurde vlaggen dansten in de zomerbries.

'Een echt kasteel,' zei Anne. 'Net als in een sprookje.' Het was prachtig.

'Welkom in ons paleis, lieve Anne,' zei koningin Victoria. 'Ik hoop dat je het als je tweede thuis wilt beschouwen.'

Ze gingen de brug over. Twee soldaten, gekleed in paars met oranje uniforms, bewaakten de toegang. Anne probeerde niet naar ze te staren (omdat ze hen niet wilde beledigen), maar ze vond de soldaten er wel erg vreemd uitzien. Als je dichterbij kwam, zag je dat het geen mensen waren. Hun lichamen waren klein en rond, met lange magere armen en benen. Ze hadden grote hoofden die een merkwaardige driehoekige vorm hadden. Ook hun ogen en monden waren driehoekig. Hun nekken waren erg lang en dun, en ze hadden geen kin. Ze bogen zeer diep toen de koningin langs hen schreed.

'Majesteit!' Een andere driehoekige soldaat kwam ze tegemoet rennen. Anne bedacht dat hij waarschijnlijk belangrijker was dan de anderen, want zijn paarse uniform was bedekt met prachtig goudkleurig borduursel. 'Uwe keizerlijke hoogheid! We hadden u niet zo snel verwacht!'

Hij maakte een buiging en gaf de koningin een handkus.

'Anne,' zei de koningin. 'Dit is kapitein Hunker, mijn trouwste dienaar. Hunker, dit is juffrouw Anne.'

Tot Annes ontzetting greep kapitein Hunker ook haar hand en drukte er een kus op. 'Zeer vereerd, madame.'

Niemand had haar ooit 'madame' genoemd. Behalve papa misschien, maar dan bedoelde hij het spottend. Haar spijkerbroek en sweater zaten onder de vlekken van het gras, de chocola en de aarde. Ze voelde zich heel nietig en vuil, en bepaald geen madame.

Er cirkelden nu tientallen driehoekige figuren om hen heen. Hun kinloze gezichten deinden op en neer op hun lange nekken.

'Onze bedienden,' zei Staffa.

'Zien de Prockwalds er ook zo uit, onder al die sjaals?'

'Eh... ja. Ze zijn niet allergisch voor huisstofmijt. In jouw wereld moeten ze zichzelf vermommen.'

Annes wereld voelde heel ver weg. Ze keek om zich heen in de hal van het koninklijk paleis. Die was erg indrukwekkend, als een deftig landgoed en een kathedraal tegelijk. Hoewel het zomer was, brandde er een vuur in de enorme open haard, zo groot als een huis. Er lag dik paars tapijt op de vloer, en op de stoelen lagen hele bergen zachte fluwelen kussens. De muren waren bedekt met schilderijen, portretten van koningen en koninginnen en van allerlei driehoekige personen, de meeste in uniform. Boven de haard hing een gigantisch schilderij van een harige spin. In de gouden lijst was het woord TORNADO gegraveerd: de geliefde renspin van de koningin. Nu ze zo klein was, huiverde Anne bij het idee dat ze een wezen als Tornado zou ontmoeten. Ze bleef vlak bij Staffa.

De koningin gaf haar zilveren pikhouweel aan kapitein Hunker. 'We hebben een chocoladetruffel laten liggen bij de grens. Zeg tegen de generaal dat hij hem voor het diner moet ophalen. En zeg tegen de kokkin dat ze hem moet smelten en als jus moet opdienen.'

'Ja, majesteit.'

'Ga dan de koning zoeken, en zeg hem dat hij heel ondeugend is, omdat hij me niet komt begroeten.'

'Ja, majesteit.'

Staffa kneep Anne even geruststellend in haar hand. 'Maak je geen zorgen, je zult snel genoeg aan alles wennen. Dit is Totty, die je persoonlijke bediende zal zijn zolang je hier logeert.'

Totty had een rozig driehoekig gezicht en dikke glanzende krullen die nog het meest leken op kurkentrekkers. Ze was ongeveer net zo oud als Anne en Staffa. Ze maakte een buiginkje. 'Hoe maakt u het, madame?'

'Maar ik heb geen bediende nodig,' protesteerde Anne. 'Ik zou niet weten wat ik met haar aanmoet!' Ze wilde eigenlijk zeggen dat ze de zenuwen kreeg van Totty.

'O, maar ook daar ben je snel genoeg aan gewend,' zei Staffa luchtig. 'Totty laat het bad voor je vollopen en borstelt je haar en zorgt voor je kleren. Dat is haar werk.'

Anne keek nog eens naar Totty. Het vreemde kleine wezen met haar bolronde buikje en magere beentjes schonk haar een stralende glimlach. Ze droeg een zwarte jurk met een lange wijde rok en een wit kanten schortje. Nu Anne nog eens goed keek, zag ze dat Totty eigenlijk een heel lief gezicht had. Ze glimlachte terug, en voelde zich al iets minder angstig.

'Anne, kindje,' zei de koningin, 'ga maar naar je kamer. Je bediende zal je kleden voor het diner. Vanavond eten we alleen met de familie, zo op je eerste avond. Ik moet er nu snel vandoor om wat gevangenen ter dood te veroordelen.' Ze zeilde weg door de stenen poort, gevolgd door kapitein Hunker en haar menigte bedienden.

Anne rilde. Had ze dat goed verstaan? Sinds ze was gekrompen, was haar opgevallen dat koningin Victoria een glinstering in haar ogen had die weinig goeds voorspelde. Ze kon best geloven dat ze mensen ter dood veroordeelde.

'Kom mee.' Staffa pakte Anne bij de hand.

Ze volgden Totty een enorme marmeren trap op en door eindeloze gangen die volhingen met schilderijen en grote gouden ornamenten. Bedienden klapten dubbel als knipmessen als ze langskwamen.

Anne fluisterde: 'Ik wou dat ze dat niet deden!'

'Geloof me nou maar, je went er wel aan.' Staffa gooide een deur open. 'Dit is jouw kamer.'

'WAUW!' Anne hapte naar adem. Het was een slaapkamer als in een sprookje. Voor de glas-in-loodramen hingen zachtroze zijden gordijnen. De kamer was gemeubileerd met een wit hemelbed, een grote kast en een bad in de vorm van een bloem. De kranen waren van goud. 'Is deze echt voor mij? Meen je dat?'

'Vind je hem mooi?'

Anne plofte neer op het bed en zakte weg in de zijden kussens. 'Mooi? Ik vind hem echt geweldig!'

'Gelukkig maar,' zei Staffa. 'Ik vind het heel belangrijk dat je je hier goed vermaakt. Ik voel me nog steeds schuldig, omdat ik je niet heb gewaarschuwd. Helaas is er geen makkelijke manier om iemand te vertellen dat hij een andere dimensie gaat betreden. Ik hoop dat je het me vergeeft.'

Het licht van de ondergaande zon stroomde door de ramen naar binnen. Het viel op Staffa's blote arm, en Anne merkte op hoe hard en wit haar huid leek. Ze hoorde zichzelf eruitflappen: 'Jij bent geen mens, hè?'

Koeltjes trok Staffa haar wenkbrauwen op. 'Niet echt, nee.'

Anne was eerder nieuwsgierig dan bang. 'Wat ben je dan wel?'

'Het is nogal ingewikkeld,' zei Staffa. 'Mijn familie, de koninklijke familie Eckwald, stamt af van een elfenras. Maar we moeten met volbloedmensen trouwen. Mensen zoals jij. Anders sterft ons ras uit.'

'Was jouw vader een volbloedmens?'

'Ja.'

'Wonen er hier ook mensen?'

Staffa glimlachte zuur. 'Natuurlijk niet. Je hebt toch gezien hoe moeilijk het is om een mens via de kist hier te krijgen.'

'Maar voor jullie is het niet moeilijk,' zei Anne. 'Je moeder is ook teruggegaan, hè? Die avond dat haar hoed in brand stond.'

'Dat heb je goed gezien. Moeder en ik kunnen ons koninkrijk binnengaan en verlaten wanneer we maar willen, maar mensen kunnen er alleen komen via de kist. En dat moet gebeuren op ons eigen verlaten eiland.'

'Waarom?'

'Omdat wij er dan niet zijn om de kist te bewaken, en hij dan niet kan worden gestolen. Of omver getrapt kan worden door een schaap. Hij moet dus op een heel veilige plek staan.'

'En hoe zit het dan met... Je weet wel...' Anne knikte naar Totty. 'Is zij ook gedeeltelijk mens?'

'O, nee. Zij is maar een Ecker,' zei Staffa. 'De Eckers zijn heel anders dan wij. Het is een ander ras, voornamelijk kobold met een druppeltje veldmuizenbloed. Ze zijn niet zo slim als wij. Daarom hebben we een heilige plicht om de koninklijke familie in stand te houden. Ze hebben ons nodig.'

Anne keek naar Totty om te zien of ze het erg vond dat er zo onaardig over haar volk werd gesproken. Maar Totty was druk bezig de glazen flessen op de kaptafel af te stoffen, en leek het niet gehoord te hebben.

'Waar zijn we dan nu, Staffa?' vroeg ze. 'Is dit een deel van de echte wereld?'

'Nee, niet bepaald.'

'Waar komen die enorme spinnen dan vandaan?'

Staffa zei: 'Die zijn per ongeluk mee naar binnen ge-komen, via de kist, en de Eckers hebben geleerd hoe ze spinnen moeten fokken en temmen. Voor de rest bevin-den we ons totaal buiten jouw tijd en ruimte.'

Dat was geen prettig idee. De Jongenstuin leek heel erg ver weg.

Anne vroeg: 'Wie worden er ter dood veroordeeld?'

'Aha, dat heb je dus gehoord.' Staffa voelde zich onge-makkelijk. 'Een paar herrieschoppers. Het is niet zo erg als het klinkt.'

'Maar dat is toch vreselijk!'

'Luister goed naar mijn advies,' zei Staffa, heel ern-stig. 'Probeer er geen aandacht aan te schenken, en stel niet te veel vragen. Nu moet ik me gaan kleden voor het diner.' Ze haastte zich de kamer uit.

Anne slikte een paar keer, en probeerde niet te hui-len. Dit was een bizarre en gevaarlijke plek. Plotseling had ze vreselijke heimwee. Volgens haar horloge was het halfzeven. Ze zag de rommelige keuken van de Jongenstuin voor zich. Mama zou kleine Ted naar boven brengen om hem in bad te doen. Dennis en Jacob zouden harde muziek draaien op hun kamer. Papa zou de pastaschotel met tonijn maken, die ze altijd op woensdag aten. Met heel haar hart wenste ze dat ze haar familie kon bellen. Twee hete tranen biggelden over haar wangen.

'O, madame!' riep Totty uit. 'Niet huilen, arm kind.' Ze ging naast Anne op het bed zitten en duwde haar een kanten zakdoekje in haar hand. 'Alles komt goed, dat zult u zien!'

Haar krullen dansten om haar hoofd en haar ogen waren vol vriendelijkheid. Ze klopte Anne op haar arm met haar warme hand. Anne zag dat die net zo klein en fijn was als een muizenpootje, en dat Totty's oren groot en zacht waren, een beetje zoals de pluizige ronde oren van een muisje. Ze herinnerde zich dat Totty's volk, de Eckers, deels van veldmuizen afstamde. Daarom waren Totty's ogen vast zo groot en rond.

'Weet u wat, madame,' zei Totty. 'Ik haal een lekker glas boterbloemsap voor u.'

Anne snufte. 'Je hoeft geen dingen voor me te doen.'

Totty giechelde. 'O, jawel hoor. Ik ben uw persoonlijke bediende, en u moet me bevelen geven.'

'Maar ik weet helemaal niet hoe dat moet, bevelen geven!'

'Denk maar aan de koningin,' zei Totty. 'Die doet niet anders.'

Nu moest Anne ook giechelen, en meteen voelde ze zich beter. 'Goed dan, ik heb een bevel voor je. Hou op met "madame" en "u" tegen me te zeggen. Ik heet gewoon Anne.'

Totty sperde haar ogen wijdopen. 'Dat kan ik niet doen!'

'Waarom niet?'

'Als iemand dat hoort, raak ik mijn baan kwijt. En ik wil niet terug naar de wasserij, madame. Daar werkte ik eerst, en daar zijn helemaal geen vooruitzichten voor een slim meisje zoals ik.'

'Goed,' zei Anne, die nu al besefte dat ze haar vriendelijke kleine bediende niet kwijt wilde. 'Kun je me dan geen Anne noemen als we alleen zijn?'

Totty overwoog het. 'Vooruit dan, zolang niemand het kan horen. Goed, madame... eh... Anne. Laten we een jurk uitkiezen voor het diner.' Ze sprong op van het bed en gooide de deuren van de grote kast wijdopen. 'Mijn nicht is de beste naaister van het hof, en ze zei dat dit de mooiste jurken zijn die ze ooit heeft gemaakt!'

Voor de zoveelste keer die dag kon Anne alleen nog maar naar adem happen. Dit overtrof haar wildste fantasieën. De kast was gevuld met schitterende jurken en japonnen, in kleuren die net zo puur en warm waren als de kleuren op de beschilderde kist.

'Welke wordt het, madame... Oeps! Ik bedoel, Anne. Wat vind je van die donkergele? Die zou zo mooi staan bij je prachtige haar.'

Ze haalde een lange jurk tevoorschijn, met een wijde rok die over de vloer sleepte, en hielp Anne om hem aan te trekken. Hij paste perfect, en hij voelde zo licht en zacht als een vlindervleugel.

Totty draaide om haar heen en klapte in haar handen. 'Je ziet eruit als een echte prinses! Ga maar aan de kaptafel zitten, dan doe ik je haar.'

Ondanks zichzelf was Anne in haar nopjes. Toen ze ging zitten voor de grote spiegel van de kaptafel constateerde ze dat ze er inderdaad zo elegant uitzag als een echte prinses. Dat betekende veel voor een meisje dat altijd de afdankertjes van haar broers had moeten dragen. Zouden Ellie en Angela niet sterven van jaloezie, als ze haar nu zagen?

Totty borstelde haar lange rode haren en stak ze toen op. Terwijl ze druk bezig was, met haar driehoekige mond vol haarspelden, zong ze zachtjes een liedje. Ze mompelde de tekst, maar Anne ving het woord 'keverpoot' op en besefte dat dit het liedje was dat mevrouw Prockwald had gezongen.

'Totty, wat zing je daar?'

'Ken je dat niet? Nee, natuurlijk niet. Maar je zult het nog vaak horen. De hele stad zingt het op dit moment. Het is het nieuwste lied van Migorn.'

'Wie?'

'Migorn.' Totty was enthousiast. 'Ze is de beste zangeres ter wereld! Ik hoop dat je naar een optreden van haar mag, in het theater.'

Er werd op de deur geklopt. Totty deed open en boog diep.

Het was Staffa, gekleed in iets langs en deftigs van lichtblauwe stof. 'Anne, je ziet er schitterend uit! Laten we naar beneden gaan, voor het diner. We mogen haar niet laten wachten.'

Ze liepen door de eindeloze gangen tot ze een grote eetzaal bereikten.

'Eindelijk!' tetterde de schelle stem van de koningin. 'Ik verga bijna van de honger!'

Koningin Victoria zat aan het hoofd van de lange tafel op een grote stoel die veel weghad van een troon. Ze droeg een donkerrode jurk van dik fluweel en een glinsterende kroon. Naast haar, op een kleinere troon, zat een knappe jongeman met donker haar. Staffa's broer, vermoedde Anne. Hij leek ongeveer net zo oud als Annes broer Martin. Hij droeg een eenvoudig zwart uniform en een simpele gouden kroon.

Staffa fluisterde in Annes oor: 'Maak een buiging!'

Anne maakte een diepe buiging. Het voelde niet eens dwaas, in die lange japon.

'Nou, Qilly, daar is ze dan,' zei de koningin. 'Dit is het souvenir dat we mee hebben genomen van onze reizen. Ziet ze er niet perfect uit? Anne, dit is mijn zoon. Zijne hoogheid koning Qilliam.'

Anne besloot nog maar een buiging te maken.

'Hallo, Anne,' zei de jonge koning. 'Welkom in mijn land. Ik hoop dat je verblijf hier zeer aangenaam zal zijn.'

'Dank u, hoogheid.'

'O, houd maar op met die onzin, hoor,' zei de koning. 'Noem me maar Qilly.'

Kapitein Hunker leidde Anne naar haar plaats, naast Qilly. Staffa ging tegenover haar zitten. Al snel overwon Anne haar verlegenheid. De koningin zat gulzig te eten en lette niet meer op haar. De jonge koning was erg vriendelijk en vroeg allerlei dingen over waar ze vandaan kwam. Het was net of ze met Martin of Dennis zat te praten. Annes moeder zou hebben gezegd dat hij 'een aardige jongen' was. Maar als Qilliam niet lachte, stond zijn bleke gezicht diepbedroefd. Anne vroeg zich af waarom.

Behulpzaam legde hij haar uit wat al dat vreemde voedsel was. 'Die biefstuk lust je misschien niet. Die is van een naaktslak.'

'Dat meen je niet!'

Staffa en Qilly gniffelden om Annes afgrijzen.

'Helaas wel,' zei Qilly. 'We hebben hier hele kuddes slakken. Je zou die beesten eens moeten zien glinsteren als de zon opkomt!'

Anne huiverde. Ze had naaktslakken altijd verafschuwd, en het idee dat ze een enorm exemplaar kon tegenkomen, laat staan een hele kudde, was weerzinwekkend.

Staffa zei: 'Ze zijn net als koeien, in jouw wereld. Ze smaken heerlijk.'

'Ik pieker er niet over! Wat is dat groene spul?'

'Puree van speenkruidstengels,' zei Qilly. 'In een saus van wilde honing en slakkenmelk. Dat bruine is een soort van zachte honingcake, en dat ronde witte daar is slakkenkaas.'

Anne had enorme honger. Ze kon zich niet meer herinneren wanneer ze voor het laatst normaal had gegeten. Dit voedsel (vooral de slakkenbiefstuk) klonk walgelijk, maar de geuren die opstegen van haar bord waren vreemd genoeg heel verleidelijk. Ze waagde zich aan een hap van de groene puree. Het smaakte best goed, een beetje als aardappelpuree, met een vleugje broccoli, yoghurt en narcis. Ze at het snel op, en probeerde toen de zachte bruine cake. Die was heerlijk luchtig en zoet. Voor ze het goed en wel besefte had Anne een hap van de biefstuk genomen. Ook die was erg smakelijk.

Het toetje, dat op een grote zilveren schaal door kapitein Hunker werd binnengedragen, bestond uit hompen van de chocoladetruffel overgoten met warme chocoladesaus.

'Jammie!' riep de koningin. Ze werkte haar portie snel naar binnen met een lepel zo groot als een roerspaan. 'Neem jij niet, Qilly?'

'Nee, dank je, moeder. De meisjes mogen mijn stuk wel hebben.'

Na het eten, toen Anne en Staffa terugliepen naar hun kamer, zei Staffa: 'Qilly is heel aardig, hè?'

'Ja, zeker. Maar waarom is hij zo bedroefd?'

Staffa vermeed haar blik. Toen haalde ze haar schouders op. Ze bleef opzettelijk vaag. 'Ach, het is gewoon eenzaam, om lid van het koningshuis te zijn.'

'Heeft Qilly ooit een menselijke vriend gehad?'

'Mijn hemel, Anne,' zei Staffa. 'Het is bijna middernacht. Word je het nooit eens zat om zo veel vragen te stellen?'

'Maar heeft hij die nou gehad of niet? Ik bedoel, is hij ooit in mijn wereld geweest?'

'Ja,' zei Staffa kortaf. 'Hier is je kamer. Welterusten, Anne. Slaap lekker.'

Ze rende bijna weg door de lange gang, terwijl Anne zich stond af te vragen wat ze in vredesnaam te verbergen had. Wat was er nou mis met vragen stellen?

Totty wachtte op Annes kamer met een kopje warme slakkenmelk met honing. Ze knoopte Annes jurk open en hielp haar in haar witte zijden nachtjapon. Ze borstelde haar haren, waarna Anne in het grote, zachte bed stapte. Nu haar maag gevuld was, voelde Anne zich opeens heel moe. Het bed was goddelijk, alsof ze in een warme wolk lag. Ze stopte met piekeren over haar onbeantwoorde vragen en viel in slaap.

De oude prinses

Toen Anne de volgende ochtend haar ogen opende, was het eerste wat ze zag het stralende gezicht van Totty.

'Goedemorgen, Madanne.'

Anne ging rechtop zitten. 'Hoe noemde je me net?'

'Ik vind het toch een beetje moeilijk om je alleen maar Anne te noemen,' zei Totty ernstig. 'Dus heb ik besloten om je Madanne te noemen. Dan kom ik niet zo in de problemen, als iemand me per ongeluk een keer hoort.'

'Goed dan. Ik wil niet dat je in de nesten komt.' Anne was te slaperig om er tegenin te gaan. 'Regent het?'

'Nee, integendeel, Madanne. Het is een prachtige zonnige dag.'

'Maar ik hoor onweer. Luister maar, daar is het weer!'

'Dat is geen onweer,' zei Totty. 'Dat zijn alleen maar de kanonnen.'

'Kanonnen?' Nu was Anne goed wakker. 'Waar?'

'Vlak buiten het paleis, Madanne.'

'Waar schieten ze dan op?'

'Op ons, hier in het paleis, natuurlijk!' zei Totty opgewekt.

'Huh?'

Er klonk een daverende knal, zo dichtbij dat de ornamenten op de schoorsteenmantel rinkelden. Er kwam wat stof van het plafond omlaag.

Totty zei: 'Tssk!' en veegde het stof weg met haar kleine plumeau. Het kanongebulder leek haar niet in het minst te storen.

'Totty, wie schieten er op ons?'

'Maak je daar maar geen zorgen om, Madanne.' Totty hield een roze kamerjas omhoog. 'Er zal wel weer een revolutie aan de gang zijn. Het bad is klaar.'

'Wat bedoel je?' Anne was bang. Ze had wel eens een revolutie gezien op het nieuws. Dan werd er heel veel geschreeuwd en geschoten, en vreselijk gevochten. 'Wanneer is dat dan begonnen?'

Totty weigerde nog iets los te laten. Ze perste simpelweg haar driehoekige mond dicht en schudde haar verende krullen. Ze had een lange groene zijden jurk met strakke mouwen klaargelegd.

Anne wierp er een sombere blik op. 'Waarom kan ik niet de kleren aan die ik droeg toen ik hier aankwam?'

'Sorry, Madanne. De koningin heeft me opgedragen die te verbranden. Ik heb ze in de stookketel gegooid.'

'Wat een rotmens,' zei Anne boos. 'Ik zou die stomme kleren van haar wel willen verbranden.'

Buiten klonk woedend geschreeuw. Er was weer een explosie, gevolgd door het geluid van brekend glas.

Anne gilde het uit, en klampte zich aan Totty vast. 'Vertel me alsjeblieft wat er aan de hand is!'

Totty was bang. Ze dempte haar stem tot een zacht

gefluister. 'Je moet net doen of je niets merkt, en je moet er vooral niets over zeggen. Want als je dat doet, wordt de koningin echt woest. Een van mijn zussen werkte hier als serveerster, en ze werd ontslagen omdat er een kogel door het raam kwam en het dessert zo uit haar handen schoot, en toen gilde ze.'

'Bedoel je dat je banger bent voor de koningin dan voor die kanonnen?'

'O, zeker,' zei Totty, uit de grond van haar hart. 'Ze is een verschrikking. Ze heeft mijn arme zus zweepslagen laten geven.'

'Maar dat is vreselijk! Je zus had helemaal niets fout gedaan!'

'Ze zei het onzegbare,' zei Totty. 'Dat doet nu eenmaal niemand hier.'

Al snel kwam Anne erachter dat dat maar al te waar was. Kapitein Hunker begeleidde haar naar de ontbijtsalon. Daar trof ze de koninklijke familie gezeten rond een kleine tafel, ogenschijnlijk volkomen zorgeloos. Buiten bulderden en donderden de kanonnen, en zij zaten daar rustig te ontbijten. Koning Qilliam las een soort krant (heel dun en van knisperend papier, zonder foto's of afbeeldingen). Koningin Victoria was weer bezig met een portie van de chocoladetruffel. Beiden droegen ze een legeruniform.

Buiten klonken knallen en floten de kogels in het rond. Een boze stem schreeuwde: 'Dood aan de onderdrukkers!'

'Goedemorgen, Anne,' zei de koningin. 'Heb je goed geslapen?'

'Ja, majesteit.' Met Totty's waarschuwing in gedachten deed ze erg haar best om niet bang te kijken. Het lukte haar zelfs om een paar stukjes gefrituurde slak naar binnen te werken.

'Ik zat me net te bedenken wat we vandaag eens zullen gaan doen,' zei Staffa opgewekt. 'We kunnen alleen niet naar buiten, vrees ik. We zullen onze toevlucht moeten nemen tot vermaak voor regenachtige dagen.'

Plotseling spatte het raam uiteen, waardoor de bedienden die er in de buurt stonden een regen van scherven over zich heen kregen. Een grote bom – zwart en met een sissende lont, zoals een bom in een tekenfilm – landde midden op de ontbijttafel.

Koningin Victoria zuchtte geërgerd. 'Dit is belachelijk! Qilly, stop dat ding in de emmer met zand. En zeg tegen Hunker dat hij de gebruikelijke personen arresteert.'

Koning Qilliam pakte kalmpjes de bom op, terwijl hij zijn krant bleef lezen en zijn ontbijt wegkauwde, en liet hem in een grote teil met zand vallen die onder tafel stond.

'Ik ben blij dat je hier zo verstandig mee omgaat, Anne,' zei de koningin. 'Misschien moet ik even uitleggen dat sommige Eckers altijd bezig zijn met plannen om het koningshuis omver te werpen. Ze koesteren de dwaze gedachte dat ze zelf zouden moeten regeren, in plaats van het gewoon aan ons over te laten.'

Qilly vouwde zijn krant dicht. Zijn gezicht was erg bleek en droevig, maar hij schonk de meisjes een bemoedigende glimlach. 'Ik hoop dat jullie het niet erg vinden dat we jullie een paar dagen aan je lot overlaten, tot we dit hebben opgelost. En misschien,' voegde hij toe, 'is het een goed idee om bij de ramen vandaan te blijven.'

De rest van die dag en de dagen die volgden waren een mengeling van angst en ongelooflijke, tergende verveling. Anne en Staffa mochten alleen in elkaars kamer en in de paleisbibliotheek komen. De koningin en Qilly waren druk bezig de revolutie neer te slaan. De koningin was de commandant van het leger, en Qilly vocht mee met het studentenregiment van zijn universiteit. Van de twee meisjes werd verwacht dat ze niemand voor de voeten liepen.

Er was niets te doen. Geen tv om naar te kijken, geen radio of cd's om naar te luisteren. In de bibliotheek (de kamer die Anne had gezien toen ze de kist opende) stonden vooral saaie boeken, geschreven door generaals en politici. Als Totty er niet was geweest, was ze helemaal gek geworden.

De vriendelijke kleine bediende was de eerste die Anne elke ochtend zag. Ze was opgewekt en grappig, en ze zat vol boeiende verhalen over het leven van de Eckers.

Terwijl die saaie dagen voorbijgingen bracht Totty steeds meer tijd met Anne door, tot ze uiteindelijk echte vriendinnen waren geworden.

Anne merkte dat Staffa niet zo blij was met deze nieuwe vriendschap.

'Je hoort míjn vriendin te zijn!' klaagde Staffa. 'Maar als ik met je wil praten, ben je altijd met die Ecker bezig!'

'Waarom doe je dan niet met ons mee?' vroeg Anne. 'Ze is echt heel leuk, Staffa. Ze kent alle liedjes van Migorn, en van sommige van die verhalen van haar kom je echt niet meer bij.'

'Doe niet zo raar. Ik kan onmogelijk met jullie meedoen.'

'Hoezo?'

'Ze is een Ecker.'

Anne had meer dan genoeg van die discussie. 'Ja, nou en? Wat is er mis met Eckers?'

'Ze zijn anders dan wij,' zei Staffa op kille toon.

'Heb je wel eens met een Ecker gesproken?' vroeg Anne.

'Natuurlijk, doe niet zo stom. Ik word al mijn hele leven omringd door Eckers!'

'Ja, maar dat zijn je bedienden. Ik bedoel, heb je wel eens echt met een Ecker gesproken, als een gelijke?'

'Een gelíjke?' Staffa was geschokt. 'Laat moeder dat soort praatjes maar niet horen.'

Anne begon zich flink te ergeren. 'Ik vind dat je hier heel raar over doet, Staffa. Ongelooflijk, dat je nog nooit een normaal gesprek met een Ecker hebt gevoerd. Heb je dan geen persoonlijke bediende?'

'Jawel,' zei Staffa. 'Maar niet zo'n meisje als Totty. Mijn bediende heet mevrouw Ingers, en ze is ouder dan moeder.'

Anne begreep plotseling hoe eenzaam Staffa's leven was geweest, en haar ergernis verdween meteen weer. 'Weet je wat,' zei ze, 'probeer gewoon eens hoe je het vindt om wat meer tijd met mij en Totty door te brengen. Dan zul je zien hoe lief ze is, en dan kunnen we met zijn drieën lol maken!'

'Geen sprake van.'

'Een half uurtje maar!'

'O, goed dan,' snauwde Staffa. 'Maar ik doe het alleen omdat ik me zo verveel.'

Die middag kwamen Anne, Staffa en Totty samen op Annes kamer. Eerst ging het allemaal heel stroef. Totty kon maar niet vergeten dat Staffa een prinses was, en Staffa kon maar niet vergeten dat Totty een bediende was. Maar Totty was een bijzonder hartelijk persoon, en Staffa snakte naar vrienden, en langzaamaan ontspanden ze zich.

'Ik moet mijn excuses aanbieden, Anne,' zei Staffa later. 'Ik had het helemaal mis. Totty is geweldig. Ik wist niet dat Eckers zo leuk waren, omdat ik nooit eerder met een van hen bevriend ben geweest.'

Dat was de eerste van vele lange, gelukkige middagen. Terwijl buiten de kanonnen bulderden zaten ze met z'n allen op Annes bed. Ze aten honingcake en dronken boterbloemsap, een populair plaatselijk drankje (een beetje zoals cola, met een vleugje dropsmaak). Soms vertelden Staffa en Anne over de Jongenstuin. Totty vond het geweldig om al die dingen over Annes broers te horen. Ze wist alles van grote gezinnen, want ze had zelf vijf zusters.

'Eerst komt Narcas, dan Pippock, dan Singa, dan Hatbat, dan Tama en dan kom ik. Ik ben de jongste. De oudste meisjes zitten me altijd op mijn kop.'

Anne grinnikte. 'Dan zou je mijn grote broers eens moeten meemaken.'

'Martin, Dennis en Jacob,' zei Totty. 'Jouw broers hebben wel rare namen, hoor.'

Met haar driehoekige mond open luisterde ze naar de verhalen van Anne en Staffa over dvd's, auto's, video's, playstations en vliegtuigen. Allemaal dingen die niet te vinden waren in het koninkrijk Eck.

'We hebben wel een soort stroom,' zei Staffa. 'Die wordt opgewekt door mos te verbranden. En we hebben moerasgas, daar branden de straatlantaarns op. Maar beide geven heel zwak licht.'

'En het is heel duur,' zei Totty. 'De meeste Eckers gebruiken alleen kaarsen, van bijenwas.'

'Daarom is het houden van bijen zo belangrijk voor onze economie,' zei Staffa. 'De bijen zorgen voor ons licht, en ze maken onze suiker.'

Anne vroeg: 'Hoe zijn die bijen hier gekomen?'

'Koning Harpong de Bijenvriend heeft ongeveer tweehonderd jaar geleden een bijenzwerm meegenomen, via de kist,' zei Staffa. 'Dat soort dingen leer ik allemaal in mijn lessen. Maar ik mag nooit zelf iets buiten het kasteel zien.'

Totty vertelde over de heldhaftige bijenmannen, die buiten in de ruige heuvels woonden op de bijenfarms. De bijenmannen beheerden de zwermen gigantische bijen en oogsten de was en de honing. Ze werden enorm bewonderd om hun moed en kracht. Totty's zus Pippock was kokkin op een bijenfarm, en ze zou binnenkort gaan trouwen met een van de bijenmannen. Het was een 'uitstekende vangst', zei Totty. Het werk van de bijenman was zo zwaar en gevaarlijk dat hij een heel goed loon kreeg.

'Hoe zit het met echte suiker?' vroeg Anne. 'Ik bedoel suiker die niet van honing komt, zoals in mijn wereld.'

Totty en Staffa keken elkaar een beetje ongemakkelijk aan. Staffa's wangen werden rood.

'Suiker uit jouw wereld is hier bijna onbetaalbaar,' zei Staffa. 'Helaas is mijn moeder totaal verslaafd aan dat spul. En ik ben bang dat het haar niet kan schelen hoe ze eraan komt.'

Anne herinnerde zich de chocoladetruffel. 'Ik neem aan dat Prockwald het koopt in mijn wereld en het dan buiten de kist neerlegt,' zei ze. 'En dan komt iemand naar buiten om het op te halen.'

'Ze stuurt het leger eropaf,' zei Staffa. 'Het is heel moeilijk, gevaarlijk werk. Stel je maar eens voor hoeveel soldaten er nodig zijn om één reep te dragen. Ze worden voortdurend gedood door de zeemeeuwen.'

'De koningin houdt de meeste zoetigheden voor zichzelf,' zei Totty. 'En de rest verkoopt ze. Mijn ma komt soms ook naar het paleis om het te kopen. Ze is Meester-suikersmid.'

Buiten de muren van het paleis was er dus een bruisende stad. Staffa had alleen maar de daken gezien van die stad, ze was nog nooit in de smalle straatjes geweest. Ademloos luisterde ze, terwijl Totty over haar thuis vertelde.

Totty's vader was 'slakkenleerlooier'. Hij bewerkte de taaie slakkenhuiden, die werden gebruikt voor het maken van waterdichte mantels. Anne bedacht dat het net zoiets was als koeienleer in haar wereld. Zijn dochters Tama en Hatbat hielpen hem bij zijn werk (Hatbat was degene die met de zweep had gekregen, omdat ze had gegild). Ze hadden een klein huisje in het hart van de Slakkenwijk.

'Totty,' zei Staffa op een middag, 'ik zou zo graag je huis eens willen zien! Kun je ons niet meenemen?'

Totty was geschokt. 'Grote goedheid, néé! De koningin zou uit haar dak gaan. U mag niet omgaan met Eckers, net zomin als Madanne.'

'Maar we zouden alleen maar even op bezoek komen. Dat hoeft toch niemand te weten?'

'Het gaat echt niet,' zei Totty kordaat. 'Het is nu trouwens veel te gevaarlijk buiten het paleis. Vanwege jeweetwel.'

Precies op dat moment klonk er buiten een luide knal.

Staffa kreunde. 'Je hebt helemaal gelijk. Het is een belachelijk idee. Die revolutie is zo saai, dat ik er kennelijk helemaal gek van word.'

'O, maar het duurt nooit lang,' zei Totty bemoedigend. 'De koningin arresteert er een paar, ze hangt er een paar op, en dan vlucht de rest van de herrieschoppers de heuvels in.'

Weer kleurden Staffa's magere bleke wangen rood. Ze flapte eruit: 'Ik weet wat jullie allebei denken. En jullie hebben gelijk. Nu ik Totty heb leren kennen zie ik heel duidelijk wat ik nooit eerder heb willen toegeven. Dit is een vreselijke regering, en mijn moeder is een nog ergere dictator dan Harpong de Verschrikkelijke.' Boos keek ze Anne aan. 'Wat valt er te lachen?'

'Sorry. Wie was Harpong de Verschrikkelijke?'

Staffa ontspande weer, en glimlachte. 'Een middeleeuwse krijgsheer, de laatste van de volbloedelfenkoningen, voordat de kist ontstond. Een vreselijke man. Hij bedacht zelfs een speciale dans, om op de graven van zijn vijanden te dansen. En moeder is net als hij.' Ze nam een opstandige slok van haar boterbloemsap. 'Totty, ik snap heel goed waarom jullie Eckers rebelleren. Als ik een Ecker was, zou ik hetzelfde doen.'

Anne juichte.

Totty keek angstig, en ze fluisterde: 'Voorzichtig! Je kunt hier niet zomaar zeggen wat je denkt.' Bedachtzaam keek ze Staffa aan, alsof ze een besluit probeerde te nemen. 'Ik heb een idee. Waarom gaan we niet op bezoek bij mijn zus Narcas?'

'O, dat zou heel leuk zijn, en Anne zou het heel boeiend vinden. Maar durven we dat wel aan?' Staffa zag bleek, maar ze wilde duidelijk wel heel graag. 'Nou, durven we dat?'

Totty sprong van het bed af. 'Kom mee, niemand zal ons zien.'

Ze leidde hen door de personeelsingang de kamer uit. Anne had het gedeelte van het paleis dat voor de bedienden was bestemd nooit eerder gezien. Ze haastten zich door een doolhof van kale, stoffige gangen. In plaats van schilderijen hingen er bordjes: 'STIL! Je kunt worden gehoord in de Troonzaal!', 'NIET LACHEN!', 'Geen schoenen met harde zolen voorbij dit punt!'

Staffa zei tegen Anne: 'We gaan theedrinken bij de oude prinses.'

'Bij wie?'

'Ze is het oudste lid van de koninklijke familie. Hoewel, ze is niet echt koninklijk. Ze is een mens.'

Anne was erg geïnteresseerd, maar ze voelde zich ook wat ongemakkelijk. 'Je zei dat er hier geen mensen waren.'

'Officieel bestaat ze ook niet,' zei Staffa. 'Om je de waarheid te zeggen, moeder heeft haar nooit echt gemogen.' Omdat ze niet meer verder durfde te praten, legde ze haar vinger tegen haar lippen en gebaarde ze Anne door te lopen.

Ze haastten zich door kilometers lange sjofele gangen. Ze beklommen kilometers stenen wenteltrappen. Het paleis was zo enorm groot dat het ze meer dan een half uur kostte om de toren te bereiken waar de oude prinses haar 'geheime' vertrekken had.

Totty klopte een speciale roffel op de deur. Een ouder Ecker-meisje, met dansende pijpenkrullen net als die van Totty, deed open. Ze begon te stralen toen ze hen zag.

'Kijk eens wie daar zijn! O, wat zal ze blij zijn jullie te zien!' Ze maakte een buiginkje voor Anne. 'Hoe maakt u het, madame? Ik ben Narcas, de persoonlijke bediende van de oude prinses. We krijgen niet zo vaak bezoek.'

'Het is in orde,' stelde Totty haar gerust. Ze zei het nog eens, waarbij ze betekenisvol naar Narcas knikte. 'Heus, het is in orde!'

Een heel oude, beverige stem zei: 'Is dat mijn kleine Totty?'

'Ja, lieve madame,' zei Totty. 'En ik heb de prinses meegebracht.'

'Staffa?' De oude stem klonk zeer verheugd. 'Echt waar? Ach, wat een heerlijke verrassing!'

Anne zag dat ze in een uithoek van het paleis terecht was gekomen waar het net een stukje Engeland was. De zitkamer van de oude prinses was volgepropt met gezellige mensenkleedjes, schilderijtjes en prulletjes, en het deed Anne sterk denken aan het huisje van haar oma.

De oude prinses zat in een leunstoel bij de gaskachel.

Ze was heel, heel oud, en heel broos, maar ze lachte als een meisje toen ze Staffa en Totty zag. Anne begreep meteen dat ze allebei erg op de oude dame gesteld waren.

Narcas legde de geruite deken over de knieën van de oude prinses. 'En dit is juffrouw Anne, het nieuwe meisje.'

Verlegen maakte Anne een buiginkje.

De oude prinses glimlachte. 'Hallo, Anne. Wat fijn om een nieuw mensengezicht te zien! Kom naast me zitten, zodat ik je eens goed kan bekijken.' Ze wees op een lage kruk, en Anne ging zitten. 'Mijn hemel, wat ben je jong! Ik was al volwassen toen mijn echtgenoot me meenam, via de kist.'

Anne vroeg zich af wie de man van de oude prinses dan was geweest. Was ze de grootmoeder van Staffa en Qilliam, of de overgrootmoeder?

'Het duurde even voor ik aan het koninkrijk Eck gewend was,' zei de oude prinses. 'Maar ik was verliefd, dat maakte het wel makkelijker. En ik had een schat van een bediende om me op te vrolijken, de oma van deze twee lieve zusjes. Heb je haar nog gezien de laatste tijd, Totty?'

'Ja, madame,' zei Totty. 'Toen ik laatst vrij had ben ik even langsgegaan bij het Tehuis voor Oude Bedienden, en ze maakt het heel goed. Ze heeft op sportdag zelfs gewonnen met zaklopen.'

'Ach, wat leuk. Willen jullie een kopje thee? En misschien vindt Anne het interessant om wat dingen te zien die ik heb meegebracht uit mijn wereld. Het was natuurlijk niet de bedoeling dat ik iets meenam, dus ik moest alles stukje bij beetje naar binnen smokkelen. Mijn schoonmoeder was heel boos toen ze erachter kwam. Maar mijn lieve echtgenoot stond erop dat ik mijn spullen mocht houden. Hij wilde dat ik me zo veel mogelijk op mijn gemak voelde.'

Narcas en Totty zetten heel snel en keurig alle theespullen klaar: een porseleinen theeservies met kleine roosjes erop, een kannetje met iets wat eruitzag als melk en een schaal met koekjes. (Anne proefde er een, en stelde vast dat ze niet smaakten naar echte koekjes, maar wel lekker waren.) Met zijn vijven zaten ze gezellig om de kleine tafel. Het was vredig. Ze zaten boven in de hoogste toren en ze konden het gebulder van de kanonnen nauwelijks horen.

Staffa vroeg: 'Mogen we je speciale boek zien? Dat vindt Anne vast heel mooi.'

De oude prinses lachte vriendelijk. 'Ja, ja, ik dacht al dat je dat zou willen zien. Daar ben je altijd dol op geweest. Narcas, wil jij het even pakken, lieverd?'

Narcas bracht haar een heel oud fotoalbum, met een kaft van gebarsten rood leer.

'Ze hebben hier geen foto's,' zei ze tegen Anne. 'Dat is jammer, want er is geen betere manier om dierbare herinneringen te bewaren.'

'We hebben tegenwoordig video,' zei Anne. 'Ik bedoel bewegende beelden, met geluid.'

'Grote goedheid! Zoiets bestond nog helemaal niet, toen ik hierheen kwam in 1927.'

Anne probeerde zich voor te stellen hoe het was als je herinneringen teruggingen tot 1927. Zelfs haar eigen oma was in die tijd nog maar een baby geweest. Ze staarde naar de zwart-witfoto's in het album dat de oude prinses zo dierbaar was. Die waren niet erg interessant. Pagina na pagina vol plaatjes van mannen met snorren en dames met grote hoeden. Net als Annes oma praatte de oude prinses graag over mensen die dood waren.

'Dat is mijn neef Bob, en dat zijn vrouw Barbara. Dat zijn de gezusters Clapper, die naast ons woonden. Die is genomen vlak nadat hun poedel een prijs had gewonnen bij de hondenshow. En hier is een kiekje van de poedel. Och, hoe heette hij ook weer?'

'Enoch,' zei Narcas. Ze had haar breiwerk tevoorschijn gehaald.

'Ja, dat was het. Naar Enoch uit de Bijbel. Dank je, lieve kind. Het was een fel opdondertje, die hond. De plaag van de buurt.' Ze sloeg een bladzijde om. 'En dat ben ik, kort nadat ik mijn geliefde echtgenoot ontmoette.'

Staffa en zij wisselden even een geheime familieglimlach uit.

Anne keek nieuwsgierig naar de foto. Die toonde een glimlachend jong meisje met korte krullen. Ze droeg een witte jurk, en ze zat in een roeiboot op een rivier. Naast haar zat een jongeman en hij leek erg op Qilliam. Dit moet zijn grootvader zijn, bedacht ze. De gelijkenis was opvallend. Ze zat nog steeds naar de foto te staren, toen de koning zelf de kamer binnen wandelde.

Staffa slaakte een kreet van vreugde en sprong op om hem te omhelzen.

Anne was een beetje nerveus, bang dat Narcas en Totty problemen zouden krijgen. Maar al snel zag ze dat de beide Eckers zich helemaal op hun gemak voelden bij Qilliam. Narcas maakte een buiginkje voor hem zonder haar breiwerk neer te leggen.

De oude prinses straalde van geluk. 'Qilly, mijn lieve jongen! Eerst Staffa, en nu jij ook nog! Dit is een dag vol fijne verrassingen.'

'Ik wilde het jou als eerste vertellen,' zei Qilly. 'De revolutie is voorbij.'

'Hoera,' zei Narcas, nog steeds breiend. 'Dan kan ik eindelijk de was weer buiten hangen zonder bang te zijn voor kogelgaten.'

De jonge koning kuste de oude prinses. Hij ging naast haar zitten en lachte naar Anne. 'Hallo, Anne.'

'Hallo, Qilly. Is het echt voorbij?'

'Voorlopig wel,' zei Qilly. 'Het is niet de goede tijd van het jaar voor revoluties. De problemen stoppen meestal rond de Week van de Rennen, en dan begint het pas weer na de oogst.'

'Ik vond de Week van de Rennen altijd geweldig,' zei de oude prinses. 'De opwinding! De feesten! Het dansen! Heb jij dit jaar ook een spin in de race, lieverd?'

'Ja,' zei Qilly. 'Tornado 23. Laten we hopen dat hij lijkt

op zijn beroemde voorvader.'

De prinses klapte in haar beverige oude handen. Haar ogen glansden van alle herinneringen. 'Een tweede Tornado zal er nooit meer zijn. Ach, hoe dat dier door de goten snelde!'

Qilly lachte en zei dat hij namens haar wat geld zou inzetten. Anne kon wel zien dat hij erg veel om de oude dame gaf. Hij hield haar hand vast en moedigde haar aan te praten over haar jonge jaren, tot haar stem niet meer was dan een zacht gefluister. Haar oogleden, die net wit vloeipapier leken, sloten zich ten slotte. Ze sliep, met een vage glimlach om haar mond.

Qilly liep met de meisjes mee door het doolhof van gangen. Maar voordat hij afscheid van hen nam voor de deur van Annes kamer, mompelde hij: 'Moeder mag dit nooit weten. Ze vindt het niet prettig als we Nora bezoeken.'

Zilveren draden
tussen het goud

De volgende ochtend waren Anne en Staffa in een opperbest humeur. De revolutie was voorbij, en Staffa had beloofd om met Anne te gaan zwemmen. De zon scheen. Ze stonden te trappelen om naar buiten te gaan, de frisse lucht in. Achter het raam in de ontbijtsalon lagen de tuinen er schitterend bij, net als de geschilderde tuinen op de kist.

Ook koningin Victoria was in een uitstekende stemming. Haar zwarte haar zat in de krulspelden, en haar gezicht was bedekt met een dikke laag groene smurrie. 'Dat is om mijn huid zacht te maken, voor vanavond,' legde ze uit, met haar mond vol gefrituurde slak. 'En de rest van de dag ben ik bezig mijn boezem te laten strijken.'

Anne onderdrukte snel een lach. Ze wist niet dat je een boezem ook kon strijken.

De koningin leek het niet op te merken. 'Vanavond vindt de belangrijkste sociale gebeurtenis van het jaar plaats: het Bal van de Rennen. Gelukkig is het ons gelukt die ellendige revolutie neer te slaan.'

'We gaan naar de waterval,' zei Staffa. 'Maar maak je geen zorgen, we zijn ruim op tijd terug.'

'Zorg daar wel voor, liefje. Dit wordt Annes eerste bal,

en ik wil dat ze er heel bijzonder uitziet.' Ze grijnsde breed naar Anne. Een druppel groene pasta viel van het puntje van haar neus en spatte uiteen op haar bord.

'Dank u, majesteit,' zei Anne. Ze zou naar een echt bal gaan, in een echt paleis. Het was een beetje eng, en tegelijk bijna ondraaglijk spannend en opwindend.

De tuinen rond het paleis vormden een goede afleiding. Meteen na het ontbijt renden Anne, Staffa en Totty de buitenlucht in, als drie kurken die uit drie champagneflessen knalden. Eerst moesten ze zich nog een beetje inhouden, omdat Totty een kleed, een picknickmand, een parasol en een slakkenleren tas met hun zwemspullen mee torste. Maar zodra ze buiten het zicht van het paleis waren zei Staffa: 'Geef mij die picknickmand maar. En Anne, neem jij die tas.'

Totty was geschokt. 'Nee, hoogheid! Dat is niet zoals het hoort. En als iemand ons ziet...'

'Niemand zal ons zien,' zei Staffa vastberaden, en ze trok de picknickmand uit haar handen.

Anne greep de slakkenleren tas. 'Kom op, Totty. Je wilt toch zo graag een goede bediende zijn? Dan heb ik een bevel voor je: Stop met bediende te zijn!'

Hier moesten Totty en Staffa hard om lachen. Ze zwaaiden met hun tassen en gaven zich over aan de vreugde van het buiten zijn. De paleistuinen waren erg mooi (ondanks de bomkraters, die ijverig dicht werden gegooid door een tiental Ecker-tuinmannen) en ook wel vreemd. Er waren bomen en struiken en gladde gazons die er net zo uitzagen als in een normale tuin in de normale mensenwereld. Maar er stonden ook bosjes enorme narcissen, en een schaduwrijk woud van vergeet-mij-nieten. Even later passeerden ze twee tuinmannen die bezig waren een champignon zo groot als een eik om te hakken.

Misschien kan de wereld van de kist de mensenwereld niet helemaal buitenhouden, dacht Anne. Misschien zijn er plekken waarop hij doorschemert, alsof de huid daar te dun is. Of misschien is het de kist zelf, die er een potje van maakt.

Na een verhitte wandeling van ongeveer een uur kwamen ze bij een natuurlijke poel die verscholen lag in een bosje vergeet-mij-nieten, met een kleine waterval die vanaf de rotsen naar beneden klaterde. Anne vond het er erg aanlokkelijk uitzien, en ze kon niet wachten om in het zilveren water te springen. Alle drie trokken ze snel hun zwempak aan, lompe ouderwetse dingen die hun benen tot over de knie bedekten.

Anne was dol op zwemmen, en deze poel was heerlijk. Ze had de hele dag wel onder die waterval willen spelen. Tegen de tijd dat ze uit het water klommen om hun picknick te eten waren de drie meisjes zo gerimpeld als oude pruimen. De zon scheen, en de sandwiches met slak en kaas smaakten verrukkelijk. Staffa was helemaal vergeten dat ze een prinses was, en Totty was vergeten dat ze een bediende was. Anne was vergeten dat ze iets anders waren dan drie gewone meisjes.

'O, moet je kijken!' piepte Totty opeens, terwijl ze de restanten van de picknick opruimden. 'Dit moet je echt zien, Anne! Niets zo opwindend en aantrekkelijk als een bijenman die honing gaat oogsten.'

Anne dacht eerst dat er een klein vliegtuig met een luide, brommende motor op hen af kwam. Maar even later zag ze dat het een enorme bij was. Zijn vleugels doorkliefden de lucht met een metalig geluid. Zijn gezicht was een dreigend masker en leek uit zwarte kunststof gegoten te zijn. Aan zijn beide achterpoten droeg hij een grote zak. Anders dan de bijen in de mensenwereld droeg hij een hoofdstel en een zadel. Een stoere jonge Ecker zat op zijn rug. Met een scherpe draai liet hij het dier bij hen vandaan zwenken, duidelijk om een beetje indruk te maken. Totty giechelde. 'O, vind je hem niet knap?'

Staffa lachte, en zei dat hij zichzelf kennelijk geweldig genoeg vond voor hen alle drie. 'Kom, we kunnen maar beter teruggaan naar het kasteel.'

'Maar het duurt nog uren voordat het bal begint!' protesteerde Anne. 'Kunnen we niet nog even gaan zwemmen?'

'Het spijt me, dat gaat niet,' zei Staffa met een zucht. 'Je voorbereiden op het Bal van de Rennen is een serieuze zaak, en dat kost altijd veel tijd. Kijk maar naar moeder. Die zit zeker twee uur in de boezemijzers, en dan moet ze haar haren nog laten rekken.'

'Kop op, Anne,' zei Totty. 'Het is de spannendste avond

van het jaar, en alle vooraanstaande lieden uit het land zullen er zijn. Heus, het is een prachtig schouwspel! Ik ga toekijken vanaf de bediendengalerij, en dan draag ik mijn blauwe jurk en mijn nieuwe roze schort.'

'Wat zal ik aandoen?' vroeg Anne. 'Die gele maar weer?'

'Mijn hemel, nee! Wacht maar af.'

Het paleis gonsde van alle voorbereidingen voor het bal. Bedienden waren bezig een purperen tapijt over de keien van de binnenplaats te leggen en droegen grote kuipen met bloemen de balzaal binnen. Weer andere bedienden waren binnen in de balzaal bezig een groot podium in elkaar te timmeren. Er waren bedienden die met tronen zeulden, bedienden die de trapleuning poetsten en bedienden die vreemde metalen kooien aan het hoge plafond ophingen. Overal waren ze druk in de weer.

Totty maakte voor Anne een warm bad klaar, vol met bloemblaadjes die op het water dreven. Toen Anne zichzelf had afgedroogd met een handdoek zo zacht als een distelpluisje was het tijd om haar jurk aan te trekken. Totty waste haar handen twee keer voordat ze Annes japon tevoorschijn haalde uit de kast. Ze hield hem in haar armen, en beide meisjes staarden er zwijgend naar. Ten slotte zei Anne: 'Volgens mij is dat de mooiste jurk die ik ooit heb gezien.'

Hij was hagelwit, met een wijde rok en korte mouwen, en van boven tot onder geborduurd met glanzend zilver spul dat glom en glitterde in het zwakke elektrische licht.

'Hij is gemaakt van spinrag,' fluisterde Totty. 'De koningin heeft hem twee weken geleden voor je besteld.'

Ze borstelde Annes lange rode haren en vlocht er allerlei juwelen in. Ze trok lange witte handschoenen over Annes armen en gespte witte muiltjes aan haar voeten.

Anne bekeek het resultaat in de grote spiegel. Ze leek helemaal niet op zichzelf. Konden haar vader en moeder haar nu maar zien. Ze zag eruit zoals prinsessen eruitzien in de geheime dromen van kleine meisjes.

'O, Anne!' verzuchtte Totty. 'Je bent net zo mooi als Migorn!'

Anne wist dat dit een groot compliment was. Totty adoreerde Migorn. Ze vroeg: 'Komt Migorn ook op het bal?'

'Hemeltje, nee,' zei Totty. 'Theaterlui gaan niet om met de koninklijke familie. Maar misschien zie je haar wel bij de races.'

Er werd op de deur geklopt. Anne dacht dat het Staffa zou zijn, maar het was kapitein Hunker. Hij zag er schitterend uit in zijn paarse gala-uniform, dat zo overdadig geborduurd was met gouddraad dat je het paars bijna niet meer zag.

Hij was gekomen om Anne naar de balzaal te begeleiden.

Totty gaf haar een vriendschappelijke kus. 'Ik wens je een heel fijne avond. En denk eraan, ik zal naar je kijken!'

Anne voelde zich niet helemaal op haar gemak met kapitein Hunker, maar ze genoot van de manier waarop haar witte rokken opbolden om haar benen terwijl ze zwijgend de eindeloze gangen afliepen. Na alle verveling en het kanongebulder van de revolutie sprong haar hart op toen ze het melodieuze geluid van een orkest hoorde en het geroezemoes van een feestende menigte, dat vanachter de deuren van de balzaal klonk.

Kapitein Hunker gooide de dubbele deuren open. Met zeer luide stem kondigde hij aan: 'Madame Anne!'

Meteen stopte de muziek en verstomde het gepraat. Anne staarde naar een paar honderd Eckers, die allemaal terugstaarden. Er was een plotselinge beweging, als van een windvlaag door een korenveld, toen ze allemaal voor haar bogen.

Anne voelde zich zeer ongemakkelijk, en raakte enigszins in paniek. Waarom deden ze dat in vredesnaam?

Tot haar opluchting begonnen de muziek en het gepraat daarna meteen weer. Nu er niemand meer op haar lette, keek Anne eens rustig om zich heen. Ze zag dat de balzaal helder verlicht was. Naast de schemerige lampjes waren er grote, flakkerende, bewegende cirkels van licht in de kooien die aan het plafond hingen.

'Dat zijn vuurvliegen, madame,' zei kapitein Hunker. 'Die zijn honderd jaar geleden in uw wereld gevangen door koning Harpong de Vernieuwer. Ze worden speciaal gekweekt om grote ruimten te verlichten.'

De ramen in de balzaal stonden open. Buiten, in de

bomen, gloeiden nog meer vuurvliegkooien, als Japanse lampionnen. In de balzaal en de tuinen dromden de voornaamste leden van de Ecker-gemeenschap samen, uitgedost in prachtige japonnen en uniforms. Anne had nog nooit zoiets moois gezien. Dit was werkelijk een schouwspel uit een sprookje.

De koninklijke familie zat op een laag podium. Anne was verrast en verheugd om daar ook de oude prinses te zien zitten. Ze zat naast de jonge koning, wiens hand ze stevig vasthield, en zag er heel gelukkig uit. Anne vermoedde dat ze al een eeuwigheid niet buiten haar geheime vertrekken was geweest. Ze droeg een grijze satijnen japon en een kleine, glimmende kroon, en ze glimlachte toen ze Anne zag.

'O, Anne, kindje, wat opwindend! Je eerste Bal van de Rennen! En je ziet er zo mooi uit. Vind je niet, Qilly?'

'Ja, heel mooi,' zei de koning, en hij glimlachte vriendelijk naar Anne. 'Ik hoop dat je de eerste dans voor mij bewaart.'

Anne zei: 'Ik kan helemaal niet dansen.'

'Maak je geen zorgen. Onze dansen zijn erg eenvoudig.' Hij dempte zijn stem. 'Sorry van dat gebuig daarnet. Ik denk dat moeder zich een beetje heeft laten meeslepen.'

'Ik dacht dat ze zich vergisten, ' zei Anne giechelend. 'Voor wie zien ze me eigenlijk aan?'

Staffa zei: 'De Eckers denken blijkbaar dat je hoog bezoek bent uit het buitenland.' Ze droeg een lange jurk van hemelsblauw fluweel en een klein kroontje dat flonkerde van de diamanten. Anne zag dat iets haar dwars zat. Waarom fronste ze zo met haar wenkbrauwen, en bleef ze maar wantrouwige blikken op haar moeder werpen?

'Anne!' bulderde de koningin. 'Je ziet er werkelijk schitterend uit! Ga nog even niet zitten, meisje. Laat de Eckers je maar eens goed bekijken. Het zijn vreselijk nieuwsgierige wezens, zelfs de deftige exemplaren.' Ze droeg een merkwaardige kroon van knobbelig goud, die een beetje deed denken aan een ouderwetse badkraan. Haar felgroene jurk had een laag decolleté, zodat haar gestreken boezem goed zichtbaar was, hard, wit en blinkend, als een nieuwe metalen spoelbak.

Anne maakte een diepe buiging, om een aanval van nerveus gegiechel te verbergen.

Plotseling daalde de stem van de koningin tot een overdreven gefluister. 'Blijven lachen, Anne. We hebben verontrustend nieuws. De hoogste klasse kan niet langer worden vertrouwd. Mijn spionnen hebben me verteld dat er een belangrijke terrorist actief is binnen mijn eigen aristocratie! De ondankbaarheid! Ik wou dat ik ze allemaal kon arresteren, maar dan kom ik gevangeniscellen tekort.'

Het orkest zette een nieuw lied in. Het was een vreemd, klaaglijk geluid, een beetje als het gezoem van muggen op een zomeravond. Qilly stond op en boog voor Anne. De menigte Eckers barstte los in applaus. Annes wangen brandden. Nog nooit eerder had ze zich zo opgelaten gevoeld. Iedereen in de grote balzaal viel plotseling stil en staarde haar aan.

De oude prinses klopte haar vriendelijk op haar hand. 'Ik weet precies hoe je je voelt,' zei ze zachtjes. 'Ik was ook zo nerveus. Maar maak je niet druk, ze hebben allemaal een goed hart.'

'Moet dit echt?' fluisterde ze tegen Qilly. 'Ik kan totaal niet dansen. Mijn vader zegt dat ik twee linkervoeten heb.'

Qilly glimlachte. Hij was ongebruikelijk opgewekt vanavond. 'Je hebt het snel genoeg onder de knie.' Hij leidde Anne naar het midden van de dansvloer. 'Zit er maar niet mee, dat ze zo staren. Ze bedoelen het niet slecht.'

'Maar stel nou dat ik ergens over struikel?'

'Doe wat je wilt,' zei Qilly. 'Ze doen je alleen maar na. Dat is zo fijn, als je koninklijk bent. Wat je ook doet, het is altijd goed. Kijk.' Plotseling schopte hij een been in de lucht. Onmiddellijk deed de hele menigte Eckers hetzelfde.

Anne kon haar lachen niet inhouden. De Eckers zagen er zo dwaas uit, en sommigen schopten per ongeluk tegen een ander aan. De meesten moesten zelf ook lachen, en de oude prinses klapte verrukt in haar handen. Anne begon te begrijpen dat dit wel eens lollig kon worden. De dans heette de Renwals. Qilly en Staffa toonden haar hoe die ging. Het was vooral een kwestie van heel snel ronddraaien en heel hard op de vloer stampen. Het tempo was moordend. Een deel van de dans bestond uit een race rond de balzaal met alle andere dansparen. Anne draaide en stampte tot ze buiten adem was en haar haren aan de ene kant helemaal los waren geraakt.

De dans eindigde met een applaus. Anne plofte neer in de stoel naast de oude prinses.

'Dat was geweldig!' verklaarde de oude prinses. Met bevende vingers fatsoeneerde ze Annes kapsel. 'Ach kijk, daar zijn mijn kleine Totty en mijn dierbare Narcas, boven in de galerij! Laten we even naar ze zwaaien.'

Anne keek op naar de bediendengalerij. De kurkentrekkerkrullen van Totty en Narcas waren helemaal vooraan in de menigte paleisbedienden duidelijk zichtbaar. Ze aten cake en waren druk aan het kletsen. Toen Anne en de oude prinses naar hen wuifden, was Totty zo opgetogen dat ze met haar plak cake zwaaide en die liet vallen op de helm van een soldaat die onder haar stond.

'Ik wou dat ze hier bij ons konden zijn,' zei Anne.

De oude prinses grinnikte. 'Ik denk dat ze daarboven meer pret hebben. Narcas zit morgen vast vol verhalen.'

Kapitein Hunker kwam naar het koninklijk podium. 'Excuseer, hoogheid.' Hij boog voor de koningin. 'De Dansende Wezen zijn er.'

Koningin Victoria trok een lelijk gezicht. 'Wie heeft de Dansende Wezen uitgenodigd?' Ze trilde van woede. 'Zeg dat ze meteen moeten vertrekken!'

'Waag het niet, Hunker,' zei Qilliam streng. 'De Wezen

hebben vast gehoord dat de prinses er vanavond zou zijn. Ze willen haar alleen eer betuigen.'

'Ik vertrouw die Wezen niet,' siste de koningin. 'Ik durf te wedden dat ze allemaal een bom onder hun rok hebben.'

'Moeder, doe niet zo dwaas. Het zijn kinderen!'

'Ze beginnen er al heel jong mee.'

'Het is nu te laat om ze weg te sturen,' zei Qilly. 'Tenzij je nog een revolutie wilt ontketenen.'

'Nou, goed dan!' beet de koningin hem toe, haar gezicht een afschuwelijk masker van woede. 'Hunker, laat die kleine ellendelingen maar binnen.'

Anne begreep niet waarom ze zich zo opwond. Vooral niet nadat Staffa haar had uitgelegd dat de Dansende Wezen uit een weeshuis kwamen dat was opgericht door de oude prinses. Wat was daar nou mis mee?

'Ze heeft ze leren dansen, en sindsdien hebben ze een dansgroep,' zei Staffa.

De balzaal viel stil. De menigte stapte achteruit om midden op de dansvloer plaats te maken. Een klein Ecker-meisje, gekleed in een roze tutu, trippelde de dansvloer op. Ze droeg een vreemd muziekinstrument, dat eruitzag als een kleine harp. Met haar fijne handjes plukte ze aan de snaren, en de lucht werd gevuld met een merkwaardig tokkelend geluid dat lieflijk klonk.

Tien kleine meisjes, ook in roze tutu's gekleed en getooid met de vlindervleugels, fladderden nu op de puntjes van hun tenen de vloer op met een wonderschone elegantie. Hun benen waren lang, en hun voeten heel flexibel. Ze dansten niet als mensen, maar er was iets heel betoverends aan het schouwspel. Nooit eerder had Anne iets gezien wat zo leek op echte elfjes. Ze draaiden en wervelden, licht als een veertje, en eindigden hun dans met een diepe buiging aan de voeten van de oude prinses.

'Dank jullie wel, liefjes,' zei de oude prinses. 'Jullie dansen allemaal prachtig.'

Het kleine meisje met de harp liep naar de koning. Ze maakte een buiginkje en gaf hem het instrument. De Eckers, die zwijgend hadden toegekeken, begonnen te mompelen en te fluisteren.

Iemand schreeuwde overmoedig: 'Zingen, majesteit!'

Een paar Eckers probeerden tevergeefs de handen op elkaar te krijgen. Iedereen staarde naar de koningin.

'Aha, ik snap al wat hier gebeurt!' schuimbekte koningin Victoria. 'Waag het niet om te gaan zingen, Qilliam! Je vader zong ook altijd, en dat was erg gênant, als je het mij vraagt.'

'Maar ik vraag het je niet,' zei Qilly. Hij boog voorover naar de oude prinses met een tedere uitdrukking op zijn voorname, jonge gezicht. 'Wil je graag dat ik zing?'

De doffe ogen van de oude prinses begonnen te stralen van geluk. 'Ja, lieverd, dat zou ik heerlijk vinden.'

'Dit kun je je vast herinneren. Uit de goede oude tijd, in jouw eigen wereld.' Hij tokkelde een zilveren akkoord en begon te zingen, alsof hij en de oude prinses de enige aanwezigen in de balzaal waren.

Liefste, ik word nu echt oud.
Zilveren draden tussen het goud.
Laat je licht nog eens op me schijnen.
Het leven zal zo snel verdwijnen.
Maar, mijn liefste, altijd zul jij
jong en mooi blijven voor mij.

De oude prinses luisterde met een dromerige glimlach. De jaren leken van haar af te vallen. Wat is ze mooi, dacht Anne.

De laatste tonen stierven weg.

'Dank je,' zei de oude prinses. Met een magere hand veegde ze een traan van haar rimpelige wang. 'Dat haalt zoveel prachtige herinneringen naar boven. Je zorgt ervoor dat ik me weer helemaal jong voel.'

Qilly leunde dicht naar de oude prinses toe, en Anne hoorde hem mompelen: 'Altijd zul jij jong en mooi blijven voor mij!'

Koningin Victoria kuchte geërgerd. 'Is het klaar? Mooi. Laten we weer gaan dansen.'

De menigte Eckers bleef stokstijf staan.

'Wat mankeert jullie?' schreeuwde de koningin. 'Ga jullie amuseren, nu meteen!'

Een mannenstem schreeuwde: 'Lang leve de oude prinses!'

Geschrokken hapten de anderen naar adem. Toen nam een volgende stem het over: 'Lang leve de oude prinses!'

De Eckers begonnen te klappen. Eerst slechts een paar, maar het werden er steeds meer, tot de hele balzaal stond te klappen en te juichen. Boven in de bediendengalerij juichten Narcas en Totty uit alle macht mee.

'Kapitein Hunker!' brulde de koningin. 'Dit is opruiend en opstandig en vooral ongelooflijk BRUTAAL! Arresteer er zo veel mogelijk.'

Op de renbaan

'Goedemorgen, Madanne. Het is een prachtige dag, en je gaat vandaag naar de races. Je moet de korte blauwe jurk aandoen met een bijpassend hoedje.'

'Goedemorgen, Totty.' Anne opende haar ogen. Totty stond naast haar bed en hield een hemelsblauwe jurk omhoog. Ze deed haar best om te glimlachen, maar haar driehoekige gezicht was vlekkerig en opgezwollen. Ze zag eruit alsof ze urenlang gehuild had.

'Totty? Wat is er?' Anne kroop uit bed. 'Wat is er gebeurd?'

'Niets,' zei Totty treurig. 'Alles is goed. Er is niets.'

Anne greep een van haar handen. 'Er is iets mis. Je kunt het toch niet voor me verbergen. Waarom moet je huilen?'

Totty zei: 'Ik huil niet!' en barstte meteen in angstig gesnik uit. 'O, wat moet ik doen? Let maar niet op me!'

'Dat wordt een beetje moeilijk. Vertel me nou wat er is! Misschien kan ik je helpen.' Anne legde haar arm om het huilende meisje en hield haar zo vast tot het gesnik langzaam verstomde. Toen liet ze Totty in de zachte leunstoel zitten terwijl ze voor hen beiden een glas verfrissend boterbloemsap inschonk.

Totty snoot haar neus. 'Je mag niet zeggen dat je het

van mij hebt. Ik hoor het pas te weten nadat het officieel is meegedeeld.'

'Wat hoor je dan pas te weten?'

'De oude prinses,' fluisterde Totty. 'Ze is... ze is dood.'

Wat leek de kamer plotseling donker, ondanks de zonnestralen die erin ronddansten.

'Wat? Maar dat kan niet! Gisteravond was ze nog helemaal in orde.'

'Ja, en ze ging heel vrolijk en opgewekt naar bed. Maar toen Narcas haar vanmorgen haar ontbijt bracht...' Totty onderdrukte een nieuwe snik. 'Narcas zei dat ze glimlachte als een engel, maar dat ze zo dood was als het hart van de koningin. Jullie mensen zijn ook zo snel op!'

Nu voelde Anne hoe haar ogen zich met tranen vulden. Het was zo'n nare gedachte, die lieve oude dame die zo ver van huis was gestorven. 'Arme Narcas,' zei ze. 'En arme jij. Ik weet dat jullie dol op haar waren.'

'Inderdaad, Madanne. Alsof ze onze eigen oma was. Ze was echt zo vriendelijk voor ons. Ze zei altijd dat wij haar kinderen waren, omdat ze er zelf geen had.'

Anne dacht aan wat er in haar wereld gebeurde, als er iemand van het koninklijk huis overleed. Er zou wel een indrukwekkende begrafenis komen, met treurige muziek en een menigte rouwenden in het zwart. 'Nou, we kunnen in elk geval niet naar de races,' zei ze grimmig. 'Heeft die oude taart haar boezem mooi voor niets laten strijken.'

'Ssst!' Totty was bang. 'De rennen gaan gewoon door. De koningin zegt dat er niet gesproken mag worden over de oude prinses.'

Anne was geschokt. 'Verwacht ze echt dat we ons allemaal opdoffen en feest gaan vieren? Dat is toch te erg!'

Totty fluisterde: 'Dat vind ik ook, maar we moeten haar wel gehoorzamen. De koningin heeft een vreselijk humeur, door wat er gisteren tijdens het bal is gebeurd.'

Na het gejuich voor de oude prinses waren er dertig personen gearresteerd, allemaal in avondkleding, en afgevoerd door de soldaten. Daarna was het onmogelijk geweest om nog van het bal te genieten.

'We waren niet de enige Eckers die van haar hielden,' fluisterde Totty. 'En van de prinses houden is hetzelfde als de koningin haten. Trek nu alsjeblieft je jurk aan voor de races, Madanne. Ik moet je naar de ontbijtboot brengen.'

'Naar de wat?'

'We moeten opschieten.' Totty snoot nog een keer haar neus en sprong overeind. Ze pakte de blauwe jurk op en liet niet toe dat Anne nog meer vragen stelde.

Omdat ze Totty niet in moeilijkheden wilde brengen, trok Anne de blauwe jurk aan en zette een blauwe hoed op met het formaat van een flinke prullenbak.

'Ik zie er echt belachelijk uit,' zei ze smalend, en ze fronste naar haar eigen spiegelbeeld. Ze begon eigenlijk een beetje genoeg te krijgen van al die meisjeskleren.

Vooral als ze eruitzag als een mislukt herderinnetje, zoals nu.

Totty (die voortdurend angstig om zich heen keek) leidde Anne door een doolhof van gangen waar ze nog niet eerder was geweest. Ze zagen er net zo uit als de rest van de gangen in het kasteel, maar de schilderijen waren anders. Ook passeerden ze een aantal verbleekte, rechthoekige plekken.

Anne vroeg: 'Wat voor schilderijen hingen daar vroeger? Waarom zijn die weggehaald?'

'Madanne, toe!' siste Totty. 'Dit zijn de vertrekken van de koning, en het waren schilderijen van de oude prinses. Stel nu alsjeblieft geen vragen meer!'

'Maar waarom had de koningin zo'n hekel aan haar dat ze...'

Plotseling krijste een afschuwelijke stem: 'Waarom doe ik eigenlijk nog moeite?'

Anne en Totty sprongen bijna uit hun vel van schrik en bleven angstig staan, trillend als nerveuze konijnen. Het was de stem van de koningin, die achter een deur vlakbij aan het tieren was.

'Ik ben jullie twee helemaal spuugzat! Jullie zijn ondankbaar, lui, egoïstisch...'

Totty trok aan Annes jurk om haar aan te sporen door te lopen. Maar Anne weigerde zich te verroeren. Ze wilde luisteren.

Staffa's stem zei: 'Moeder, hoe kon je? Hoe kon je zoiets doen?'

'Ik moest snel handelen,' zei de koningin.

'Waarom dan?' riep Staffa uit. 'Ze deed niemand kwaad.'

'O, jawel! Ze heeft mijn gezag altijd al ondermijnd, vanaf het moment waarop ze naar het kasteel kwam.'

'Omdat ze zo aardig was dat iedereen van haar hield. Dat kon je niet uitstaan, hè, moeder? Je was jaloers op haar.'

Totty trok nu zo hard aan Annes rok dat die bijna scheurde. Anne schudde haar hand ongeduldig af. Ze praatten over de oude prinses, en ze wilde per se weten waarom koningin Victoria haar zo gehaat had.

De koningin zei: 'Hou toch op met dat gezeur. Qilly is niet de enige die offers moet brengen. Ik doe dat soort dingen niet voor de lol, hoor. Denk je dat ik het *leuk* vond om haar te vermoorden? Ik heb je toch duidelijk gemaakt dat ik geen zin heb in dat sentimentele gedoe, nadat ik je vader had gedood.'

Anne werd misselijk. Het duurde even tot de afschuwelijke werkelijkheid tot haar doordrong. Het was ongelooflijk, maar ze voelde in haar botten dat het waar was. De koningin had de oude prinses vermoord. Ze had haar eigen echtgenoot vermoord. En ze schaamde zich er niet eens voor. Ze was zo kwaadaardig als een oude heks in een sprookje, en Anne was ervan overtuigd dat ze ook de magische krachten van een heks had. Hoe kon je anders die hele wereld in een beschilderde kist verklaren? Ze had zichzelf wijsgemaakt dat de magie in dit land van het goede soort moest zijn. Nu was ze daar niet meer zo zeker van.

De koningin zei: 'Ik heb echt geen tijd om me bezig te houden met dat zogenaamde gebroken hart van Qilly. En als jij niet ophoudt met dat gejank, Staffa, dan ga je zo die anderen achterna, begrepen?'

Totty fluisterde: 'Begrijp je nu waarom je maar beter kunt doen alsof je niets merkt? Het is gevaarlijk om te veel te weten.'

Anne, die verlamd was van schrik, liet toe dat Totty haar meetrok.

Totty hield haar hand stevig vast. Ze leidde haar een stenen trap af en duwde toen een zware houten deur open. Anne knipperde tegen het felle zonlicht. Ze stonden aan de oever van een breed kanaal. Een lange, platte schuit lag op het water, versierd met vlaggen en linten die wapperden in de zomerbries. Op het dek stond een orkestje te spelen. Er stond een grote tafel, afgeladen met eten. Het pronkstuk was een hele geroosterde slak die was gegarneerd met vergeet-mij-nietpitjes.

Dankzij de frisse lucht kon Anne weer helder denken. Ze wilde niet langer in dit vreselijke oord blijven, met die heksachtige koningin die zo achteloos praatte over het plegen van moorden. Ze wilde naar huis. Maar hoe kon ze dat voor elkaar krijgen? Ze moest Staffa zo snel mogelijk spreken.

Het orkestje, dat de hits van Migorn had staan spelen, schakelde plotseling over op een statige mars. De koningin (gekleed in felrood, met een hoed zo groot als een brievenbus) stampte de boot op, gevolgd door Staffa en kapitein Hunker. Staffa was lijkbleek. Ze zei niets tegen Anne, en keek haar zelfs niet aan.

'Nou, Anne,' zei de koningin. 'Ik vrees dat Qilly vandaag niet met ons meegaat. Hij is voor een paar dagen naar zijn jachtslot in de bergen gegaan. Zo'n heerlijk rustgevend plekje is dat.' Ze fronste naar Anne. 'Je jurk vloekt vreselijk bij de mijne. Hunker, houd haar uit mijn buurt.'

'Ja, majesteit.' Kapitein Hunker duwde Anne zachtjes naar de andere kant van de boot.

Anne was allang blij dat ze bij de moordzuchtige koningin vandaan kon blijven. Ze liep naar Staffa, maar die ging snel de andere kant op. Wat was er aan de hand? Waarom ontliep Staffa haar? En waarom was Qilly plotseling vertrokken naar het jachtslot, tijdens het belangrijkste evenement van het jaar?

Ze ging op een nogal ongemakkelijke gouden stoel zitten. Totty stond achter haar, met een parasol boven haar hoofd tegen de zon. Heel langzaam voer de schuit weg. Het kanaal leidde door de smalle straatjes van de stad, en ze ving aanlokkelijke glimpen op van kleurige huizen en mooie winkeltjes. Eenmaal de stad uit voeren ze langs weiden, bossen en boerderijen. Dat waren lange lage gebouwen van aangestampte aarde, waar de bloemen uit de daken groeiden.

Tegen elf uur in de ochtend arriveerde de koninklijke

boot bij de renbaan. Die stond vol met Eckers in vrijetijds-kleren. Er waren vrolijk gekleurde kraampjes die boter-bloemsap en ha-ha-thee verkochten, en iets wat leek op harde kleine taartjes met een glimmende zwarte korst. Er stonden drie orkestjes tegelijk te spelen op vreemde, zoemende instrumenten die klonken als insecten. Het was een vrolijk schouwspel, maar als je goed keek zag je dat niemand zich werkelijk vermaakte. De Eckers keken nors, bang, of heel verdrietig. Sommige huilden stilletjes boven hun taartje.

En ze staarden naar Anne op een manier waar ze heel erg zenuwachtig van werd.

'Wat is er aan de hand?' fluisterde ze tegen Totty. 'Waarom gaapt iedereen me zo aan?'

'Ik weet het niet, Madanne,' fluisterde Totty terug. 'Maar er broeit iets, dat is duidelijk. Zodra ik de kans krijg, glip ik de menigte in om erachter te komen wat er is.'

'Kom op, Anne!' bulderde de koningin. 'Laten we naar de spinnen gaan kijken. Stuur je bediende maar weg.'

Totty maakte een buiging, knipoogde naar Anne en draafde weg, het publiek in.

'Niet te dicht bij me staan, kindje,' zei de koningin. 'Jakkes, dat akelige blauw! Wil je een gubbie?'

'Wat?' Anne volgde met haar blik nog steeds de krul-lenbol van Totty in de massa toeschouwers.

'Nogal ordinair eten, ik weet het,' vervolgde de ko-ningin. 'Maar wel erg smakelijk. Hunker! Haal eens een paar lekkere dikke gubbies voor ons!'

'Ja, majesteit.' Kapitein Hunker baande zich een weg door de menigte Eckers naar de kraam waar de harde taartjes uitgestald lagen en kocht er twee. Ze waren in papier verpakt en ongeveer even groot als een theekopje. Een warme, zware gubbie werd in Annes hand gelegd. Tot haar grote schrik ontdekte ze dat het geen taartje was, maar een soort schaaldier dat op de barbecue had gelegen. De koningin trok de pootjes van haar gubbie en kauwde erop alsof het soepstengels waren. Met haar vinger schepte ze de gubbie uit zijn schelp, slikte hem toen in een keer door en gooide de schelp op de grond. Die was, zoals Anne nu opmerkte, bezaaid met gubbieschelpen. Haar maag draaide zich om.

'Vind je het niet lekker?' vroeg de koningin. 'Geef maar hier.' Ze werkte ook Annes gubbie naar binnen en gooide de schelp over haar schouder. 'Goed, dan gaan we nu de spinnen bewonderen!'

De renspinnen stonden op een afgeschermd stuk grond, omgeven door een hoog hek. Anne kende mensen die bang waren voor spinnen van normaal formaat, en bedacht hoeveel angst deze gigantische beesten hun zouden aanjagen. Tientallen enorme spinnen duwden tegen elkaar aan en probeerden in hoekjes weg te kruipen. Hun lichamen waren vlekkerig. Hun poten waren lang, sterk en harig. Ze hadden afschuwelijke koppen zonder ogen en grote, samengeknepen bekken, als een soort snavel. Elke spin had een zadel van slakkenleer in zijn eigen kleur en droeg op zijn rug een ineengedoken Ecker-jockey.

'Tornado 23 is die met het blauwe zadel,' zei de koningin tegen Anne. 'Hij is van Qilly. Mijn spin heeft een rood zadel, en ze heet Doodpoot. Ik ben erg trots op haar. Ze heeft al vier echtgenoten omgebracht, en ze is pas drie maanden oud.' (Anne bedacht huiverend dat Doodpoot en haar eigenares een hoop gemeen hadden.)

Koningin Victoria boog voorover en pakte iets uit een emmer op de grond. Iets zwarts en druipends, dat er onaangenaam uitzag. Ze gooide het naar Doodpoot.

'Een stukje vliegenhart,' legde ze uit, en ze veegde haar hand af aan de dichtstbijzijnde bediende. 'De spinnenrennen vormen een glorieus onderdeel van de geschiedenis van ons land, Anne. Een van mijn voorvaderen, koning Harpong de Verspiller, is ermee begonnen.'

Er waren nog anderen aanwezig in het omheinde gedeelte. Staljongens, jockeys en eigenaren van spinnen. Maar de stemming was somber en mat. Niemand had plezier, behalve de koningin.

'Anne, staar niet zo naar die Eckers, liefje. Dat moedigt ze maar aan.'

'Sorry, majesteit,' zei Anne met een blos. 'Ik was gewoon... aan het nadenken.'

'Waarover dan, kindje?' De koningin boog zich voorover naar Anne.

Anne voelde hoe de nieuwsgierigheid van de koningin zich als de tentakels van een inktvis in haar geest probeerde te wurmen. Ze stamelde: 'Nou, gewoon... Dat jullie zo veel koningen hebben gehad die Harpong heeten.'

'O, ja. Dat klopt.' Dit zwakke smoesje leek de koningin tevreden te stellen. 'Ze heetten allemaal Harpong, totdat mijn grootvader aan de macht kwam, Harpong de Gehate.'

Ze keerde haar rug naar de spinnen en marcheerde weg naar de koninklijke tribune, naast de finishlijn. Anne liep achter haar aan, met haar blik op de grond gericht om het gestaar van de menigte te vermijden. Hoewel het allemaal heel vreemd en angstaanjagend was, vond ze het toch ook wel boeiend. Het was zo'n levendig, kleurrijk schouwspel, met die orkestjes en trompetten die het startsein bliezen, en de dampende, stampende, snuivende spinnen.

De gigantische beesten die met al die poten over de renbaan snelden boden een verbijsterende aanblik. Probeer het je maar eens voor te stellen. Anne wenste dat haar broers het konden zien. De spinnen legden een parcours af langs goten en regenpijpen en twee gevaarlijke obstakels die eruitzagen als grote afvoerputten.

'KOM OP, DOODPOOT!' brulde de koningin.

De eerste race heette de Batsindo Gong (naar de beroemde jockey uit het liedje van de koningin). Doodpoot won, en de koningin was zo opgewonden dat het pas na een paar minuten tot haar doordrong hoe stil de menigte was.

'Ach jee, ze zijn aan het mokken,' merkte ze op, druk bezig het prijzengeld te tellen (stijve, kleine bankbiljetten die op treinkaartjes leken). 'Ik heb dus op het goede moment ingegrepen.'

146

Anne keek de koninklijke tribune rond in de hoop Staffa te ontdekken, maar de enige andere aanwezigen waren een paar Ecker-hovelingen, die haar zwijgend aanstaarden. Ze was alleen met een moordenares. Daar werd ze zo zenuwachtig van dat ze haar kop boterbloemsap neer moest zetten omdat haar handen te hevig trilden.

De koningin schoof haar stoel nog een stukje dichterbij en dempte haar luide stem. 'Weet je, Anne, er is een hoop ondankbaarheid in dit koninkrijk.'

Omdat ze het gevoel had dat de koningin een antwoord verwachtte, zei Anne: 'O.'

'Die verdraaide lui zijn gewoon nooit tevreden! Allemaal de schuld van die Nora.' (Anne herinnerde zich dat Nora de naam van de oude prinses was geweest.) 'Ze maakte zichzelf tot een symbool, zie je. Ze wierp zich op als de beschermster van elke herrieschopper en onruststoker in het land. Wist je dat de gevaarlijkste groep opstandelingen zichzelf de Nora's noemt, naar haar? Jazeker! Ze denken dat ze een geheim genootschap zijn, maar ik weet echt wel van hun bestaan. En de leider krijg ik nog wel!'

'O,' zei Anne weer.

'Mijn grootste vergissing,' zei de koningin, 'was dat ik haar vrij liet bewegen onder het volk. Ik had haar vanaf het begin huisarrest moeten geven. Die vergissing maak ik dus niet nog een keer. Hoor je me, Anne? Begrijp je wat ik bedoel?'

Anne begreep er eigenlijk geen snars van, maar de

koningin torende zo dreigend boven haar uit dat ze stotterde: 'J-ja, majesteit.'

De koningin nam een grote hap van de homp chocola op haar bord. Met een glimlach zei ze: 'Ik heb je toch al verteld over mijn jachtslot in de bergen? In deze tijd van het jaar is het werkelijk een prachtige plek. Ik heb besloten dat het voor ons allemaal leuk zou zijn om daar voor een paar maanden op bezoek te gaan, bij Qilly.'

Anne zei: 'Ik neem aan dat ik dan naar huis ga.'

'Naar huis, Anne?'

'Ik bedoel, als u en Staffa op bezoek gaan bij Qilly, dan...'

'O, maar jij gaat ook mee.'

'Maar, majesteit,' zei Anne voorzichtig, 'ik kan niet nog een paar maanden blijven. Over een paar weken moet ik naar huis. Dan gaan we kamperen, en daarna begin ik op mijn nieuwe school.'

'Maak je nou maar niet druk, Anne,' zei de koningin. Haar stem klonk luchtig, maar in haar ogen lag een dreigende blik. 'Ik zorg wel dat je het nodige onderwijs krijgt.'

Een afschuwelijk kil gevoel daalde neer in Annes hart. 'Ik denk toch dat ik maar beter snel naar huis kan gaan,' zei ze dapper. 'Naar mijn wereld.'

'O, over een paar weken ben je die wereld helemaal vergeten. Zie hem maar als een droom.'

'Maar het is geen droom!' riep Anne uit. 'U kunt me niet hier houden! Mijn ouders zullen ongerust worden.'

'Integendeel,' zei de koningin. 'Ze zullen blij zijn dat ze van je verlost zijn. Ze hebben duidelijk niet genoeg geld voor je.'

Dat was echt een heel gemene opmerking. Anne hief trots haar kin. 'Ze verwachten dat ik thuiskom.'

'Aan het eind van deze maand,' zei de koningin, 'krijgen je ouders te horen dat je bent omgekomen bij een helikopterongeluk.'

'Wat?'

'Dat heb ik ook gedaan bij die Nora,' zei de koningin, kalmpjes kauwend op haar chocola. 'Alleen waren helikopters toen nog niet uitgevonden. Dus werd het een ongeluk met een rijtuig. Dat is de aardigste manier om het te doen. Je wilt toch niet dat je ouders hun tijd verspillen met een zoektocht naar jou?'

Anne voelde zich alsof ze een stomp in haar maag had gekregen. Ze was ademloos van schrik en angst. De koningin wilde haar voor altijd in dit land houden. Tenzij ze voor het einde van de maand ontsnapte, zouden haar ouders denken dat hun enige dochter dood was. Maar waarom wilde dat wrede monster haar eigenlijk hier houden? Anne begreep er niets van, en ze wilde het ook niet begrijpen. Deze plek was verwarrend en angstaanjagend, en ze wilde alleen nog maar naar huis.

Kapitein Hunker liep naar de koningin toe. 'Majesteit, het vermaak kan beginnen.'

'Kom, Anne,' zei de koningin. 'Tijd om met je te pronken, voor dat ondankbare tuig.'

'Met me te pronken? Wat bedoelt u?'

'Mijn lieve kind,' zei de koningin. Haar woorden waren vriendelijk, maar haar stem klonk ijzig koud en vlijmscherp, en haar ogen waren vlakke blauwe schijven vol pure kwaadaardigheid. Ze bracht haar hoofd vlak bij dat van Anne. 'Wanneer leer je nou eens dat je niet van die gevaarlijke vragen moet stellen? Houd je mond en doe wat je gezegd wordt.'

Anne was heel blij toen Staffa zich bij hen voegde. 'Waar was je?' fluisterde ze.

'Neem me niet kwalijk dat ik me even niet met jou bezig kon houden, Anne,' zei Staffa koel. 'Ik moest me ontfermen over wat burgemeesters van buiten de stad.'

'Staffa, waarom ontloop je me?'

'Je gaat met ons mee naar de koningsloge,' zei Staffa, alsof ze haar niet had gehoord. 'Ga pas zitten als ik het zeg.'

'Staffa!' siste Anne. 'Je moet naar me luisteren. Je moeder zegt dat ze me niet meer naar huis laat gaan!'

'Ik vrees dat ik over dat soort zaken niet met je mag praten,' zei Staffa kil.

'Ik dacht dat jij mijn beste vriendin was!'

Was het inbeelding, of zag ze even bezorgdheid opflakkeren in Staffa's ogen? Maar voor Anne dat kon vaststellen, was Staffa's gezicht weer koud en uitdrukkingsloos.

'Vriendschap is één ding,' zei Staffa. 'Politiek is weer iets heel anders.'

'Ik heb het niet over politiek!' snauwde Anne. 'Vertel me wat er aan de hand is.'

Plotseling sloten Staffa's vingers zich om Annes pols.

'Au! Dat doet pijn!'

'Doe niet zo stom, Anne. Houd nu in vredesnaam je mond.'

'Houd op met dat gesmoes!' riep de koningin. 'Jullie hebben genoeg tijd voor dat meisjesgebabbel als we eenmaal in de bergen zijn.'

Ze glimlachte, maar de uitdrukking op haar zwaar opgemaakte gezicht was moordlustig. Anne zag dat Staffa wit van angst was en besloot haar mond te houden. In een gespannen stilte liepen ze verder, achter de dreigende rode gestalte van de koningin aan.

Naast de koningsloge stond een grote rood met wit gestreepte tent, een soort circustent. De koningin leidde de optocht. Het was een korte wandeling, maar Anne voelde zich erg opgelaten. Van alle kanten werd ze aangestaard door de Eckers. De stemming was nog steeds treurig, maar er klonk ook een aanzwellend boos gemompel. Ze werden steeds brutaler, en begonnen opmerkingen te roepen.

'Is zij het? Onmogelijk. Ze is veel te klein.'

'Ze groeit nog wel, hoor.'

'Ik vind haar haren mooi.'

'Haar nek is te kort.'

'Niet waar. Ze hebben allemaal een korte nek.'

Tot haar grote opluchting bereikten ze de tent, waar

ze de privétrap beklommen naar de koningsloge.

'Dit zul je vast leuk vinden, Anne,' zei de koningin. 'Zo meteen gaat Migorn optreden.'

'Echt?' Heel even vergat Anne hoe bang ze was. Wat geweldig om die beroemde Ecker met eigen ogen te kunnen zien! Arme Totty zou zo jaloers zijn (en waar was Totty trouwens? Het was al uren geleden dat ze was weggeglipt, de menigte in).

Anne hapte naar adem toen ze de koningsloge binnen stapte. De grote tent omvatte een heel theater, met rijen en rijen houten stoelen, helemaal tot in de gestreepte nok van de tent. Als in een nachtmerrie zag ze duizenden fel schitterende ogen op zich gericht, één glimmende muur van nieuwsgierige gezichten.

De koningin stapte naar de balustrade van de koningsloge. Het orkest in de orkestbak zette het saaie volkslied in. Anne zag dat er heel veel soldaten tussen het publiek patrouilleerden, en dat veel van de aanwezigen heel boos keken. En er waren er maar zo weinig die het volkslied meezongen dat kapitein Hunker bijna een solo aan het geven was.

De koningin leek het allemaal koud te laten. Ze ging zitten. Anne en Staffa namen naast haar plaats, ieder aan een kant. De lichten in de grote tent dimden tot het aangenaam schemerde. Tot Annes grote opluchting keerden die duizenden priemende ogen zich nu naar het podium. De paarse gordijnen weken uiteen, en het publiek barstte los in een luid applaus.

'Migorn! Migorn!'

Anne was inmiddels gewend aan de driehoekige, kinloze Ecker-gezichten en zag meteen dat Migorn erg knap was. Ze had gouden krullen, grote blauwe muizenogen, een klein rond lichaampje en lange, dunne benen. Haar voeten waren enorm en heel buigzaam. Ze danste zo licht en elegant als een kolibrie. Migorn zong haar laatste hit 'Zijn hart was zo groot als een keverpoot', met een stem die deels menselijk en deels als het gezang van een vogel klonk. Het was een streling voor het oor.

Zijn hart was zo groot als een keverpoot
als een vechtbij zo dapper was hij.
Hij was vief
en sportief
en ik was zijn lief, en hij zou trouwen met mij!

Maar zijn ma, zo dik als een keverreet
en zo vals als een schorpioen
zei: 'Mooi niet
met die griet.
Ik verbied het subiet, en je kunt er niets tegen doen.'

Na het liedje was er een soort toneelstukje met muziek. Migorn speelde een eenvoudig slakkenmeisje dat verliefd werd op een prins. Maar de prins was in de greep van een vreselijke vloek. Zijn moeder was een draak, die hem aan zich gebonden hield met onzichtbare ketenen. Hij kon pas met het slakkenmeisje trouwen als die ketenen verbroken waren.

Het was heel vermakelijk, maar Anne was nerveus. Het publiek begon luidruchtig te worden. Toen de afschuwelijke drakenmoeder op het podium verscheen, werd er gebruld van het lachen en klonk er boegeroep.

Migorn zong een liedje dat heette 'We doden je ma en dan trouwen we', en er werd zo luid voor geapplaudisseerd dat ze het drie keer moest zingen. De laatste keer zong iedereen in het publiek mee met het opruiende refrein. Sommigen gingen erbij staan.

We doden je ma en dan trouwen we.
Iedereen heeft genoeg geleden.
We zetten haar boven aan de trap
en smijten haar naar beneden.
Ze is een gekke ouwe heks, het is nu welletjes.
Ze maakt ons mooie land kapot en zorg voor relletjes.
Pas als dat monster verdwenen is, kunnen we vooruit.
Dus laten we haar doden, en dan ben ik jouw bruid.

Het was heel duidelijk dat ze kwaad waren op de koningin. In feite had de koningin net zo goed zelf als draak op het podium kunnen verschijnen. En de acteur die de prins speelde was net zo gekleed als Qilliam. Vreemd genoeg leek de koningin het niet op te merken. Ze zong zelfs mee met het liedje.

'Dat was een leuk liedje!' zei ze, toen het voorbij was.

Plotseling vloog de deur van de koningsloge open, en toen ging alles heel snel. Als in een bange droom zag Anne hoe een aantal figuren binnendrong, van top tot teen gekleed in zwarte gewaden. Het enige wat ze kon zien waren hun glimmende ogen en het glanzend metaal van hun pistolen.

De koningin uitte een bloedstollende kreet, maar het publiek was nog steeds Migorn aan het toejuichen, dus niemand hoorde het. Kapitein Hunker werd bewusteloos geslagen door een van de figuren in het zwart.

Iemand greep Anne ruw beet. Een mannenstem gromde in haar oor: 'Verzet je niet, en geef geen kik!'

Anne was veel te bang om geluid te maken. De man in het zwart ging snel aan de slag. Ze voelde hoe haar handen op haar rug werden gebonden. In haar mond kreeg ze een prop en over haar ogen een blinddoek. Het was doodeng om zo hulpeloos te zijn.

'Hunker!' krijste de koningin, buiten zichzelf van woede. 'Sta onmiddellijk op! Laat ze allemaal arresteren en executeren! Jij daar, blijf met je smerige handen van het mens af! Ze is van MIJ! Hoor je me? O, ik weet wel wie jullie zijn. Ik krijg jullie wel te pakken, en dan voer ik jullie aan de meeuwen!'

Anne voelde dat ze op iemands schouder werd gehesen. Ze werd helemaal door elkaar geschud, en ze hoorde voetstappen over de trap dreunen toen ze de koningsloge uit werd gedragen.

Het gegil van de koningin stierf weg. Ze voelde frisse lucht op haar gezicht, en toen werd ze op een houten vloer gegooid, zo hard dat de tranen haar in de ogen sprongen.

'Houd je mond, en verroer je niet!' blafte de mannenstem. 'Je bent gevangen genomen door de Nora's.'

De Nora's

Ze lag in een of andere kar of wagen, die zo snel over een hobbelige weg ratelde dat ze pijnlijk door elkaar gerammeld werd. Haar gedachten waren één grote mengelmoes van angst en verwarring. Wie waren die Nora's, en waarom hadden ze haar ontvoerd? Wat moesten ze van haar? Zouden ze haar gaan vermoorden? Zou ze haar ouders ooit nog terugzien?

Anne huilde niet vaak, maar nu kon ze haar tranen niet bedwingen. En dat was erg oncomfortabel, omdat haar blinddoek helemaal nat werd en ze haar neus niet kon afvegen. Na wat een eeuwigheid leek, maar wat waarschijnlijk een uur was geweest, viel ze in een ellendige, rusteloze slaap.

Ze werd wakker van het geluid van kanonnen, en gilde achter de prop in haar mond. Er klonken kwade stemmen en rennende voeten. De wagen denderde voort langs de kronkelige weg, en Anne vermoedde dat ze door de smalle straatjes van de stad reden, die ze had gezien op weg naar de renbaan. Plotseling hielden ze halt. Anne hoorde een deur opengaan, en voelde koele lucht op haar gezicht.

Een sterke hand greep haar enkel beet. Zo werd ze de wagen uit getrokken. Er hing een afschuwelijke stank, een beetje zoals de hamburgers die de tweeling een keer in de garage had laten liggen en toen vergeten was. Duizelig en een beetje misselijk hoorde Anne de wagen weer weg ratelen over de keien.

Een hand pakte die van Anne, en ze voelde dat ze een kamer werd binnengeleid.

'Wees alsjeblieft niet bang,' zei een rustige stem, eenmaal binnen. 'We moesten je snel weghalen, het was een noodgeval.'

Iemand maakte Annes handen los en haalde de prop uit haar mond. De blinddoek werd van haar hoofd getrokken, en ze stond oog in oog met de laatste persoon ter wereld die ze daar verwacht had.

Ze hapte naar adem. 'Staffa!'

'Gaat het goed met je?'

'Ik begrijp het niet,' zei Anne. 'Ik dacht dat ik ontvoerd was door de Nora's.'

Staffa glimlachte. 'Dat is ook zo.'

'Hè? Staffa, wat gebeurt er allemaal?'

'Ik ben een van de Nora's,' zei Staffa. 'Het spijt me dat ik je dat niet kon vertellen.'

'Maar...' zei Anne. Ze schudde haar hoofd, in een poging de mist uit haar hoofd te verdrijven. 'Maar dat betekent toch dat je probeert de koningin af te zetten?'

'Precies,' zei Staffa koeltjes.

'Ze is je moeder!'

Staffa's kinderlijke gezicht was bleek en grimmig. 'Ze is nu echt te ver gegaan, Anne. Zou jij je moeder niet willen afzetten als ze je vader had vermoord en je broer in de gevangenis had gezet?'

'Wie zit er in de gevangenis?' Anne kon het niet bijbenen. 'De koningin zei dat Qilly naar het jachtslot was gegaan.'

'Het is geen jachtslot,' zei Staffa. 'Ik word er echt ziek van, dat ze daar steeds over liegt. Het is een gevangenisfort in de bergen, en er zijn er maar heel weinig die er weer levend uitkomen.' Ze pakte Annes hand. 'En nu was ze van plan jou daar ook heen te sturen.'

'Naar de gevangenis?' Anne begreep er niets meer van. 'Waarom zou ze dat willen? Denkt ze dat ik iets slechts heb gedaan?'

'Ik leg het later allemaal uit,' zei Staffa. 'Je bent nu veilig, dat is het voornaamste.'

'Je had me wel even mogen waarschuwen,' zei Anne boos. 'Zo had ik me mijn vakantie echt niet voorgesteld. Eerst word ik ontvoerd, en nu moet ik me verbergen voor de politie.'

'Ik weet het,' zei Staffa. 'Maar wees alsjeblieft niet kwaad op me. Ik wilde zo graag dat je meeging! Ik had nog nooit eerder een vriendin gehad. Echt, ik wilde je alleen maar voor een paar weken hier houden. Ik had geen idee dat moeder weer een van haar kwaadaardige plannen had verzonnen.'

'O, nou goed dan,' zei Anne. Ze wilde geen ruzie met Staffa. Ze was blij dat ze weer vriendinnen waren. Daardoor voelde ze zich veel sterker. 'Waar zijn we trouwens?'

Staffa glimlachte. 'Kun je dat niet raden, door die stank? We zitten midden in de Slakkenwijk.'

Annes hart sprong op. 'O! Is dit Totty's huis?'

'Ja. Haar vaders looierij is hierachter, en dit is de werkplaats van haar moeder. Die is Meestersuikersmid, zoals je weet.'

Annes ogen waren nu aan het schemerduister gewend, en ze zag dat ze in een winkelruimte stonden, met lange houten toonbanken en rekken vol gereedschap aan de muur. Naast de lege etalage hing een bordje: 'IN DEZE WINKEL WORDT 'S NACHTS GEEN SUIKER BEWAARD'. Ze herinnerde zich dat suiker net zo kostbaar was als goud, in de wereld van de kist.

'Narcas heeft de Nora's opgericht.' Staffa's fletse ogen glommen van opwinding. 'En nu zijn we al met duizenden! Alle studenten van de universiteit hebben zich aangesloten. Net als het Gilde van de Bijenhouders, het Gilde van de Suikersmeden en het Gilde van de Slakkenlooiers. Zelfs een paar bedienden uit het kasteel zijn lid geworden!' Staffa was er duidelijk erg trots op dat ze een Nora was. 'Ik heb me onlangs aangesloten, die dag toen we thee gingen drinken bij de oude prinses. Totty kwam 's avonds stiekem naar mijn kamer.'

'Maar... waarom hebben jullie mij niet wakker gemaakt?' Anne was een beetje boos dat zij buiten dit avontuur was gehouden.

'Het spijt me, het was te gevaarlijk.'

'En al die tijd zat Totty bij de Nora's! Hoe wist ze dat

jij haar niet zou verraden?'

'Ze nam een enorm risico. Ze vertelde dat haar instinct haar zei dat ik uit het juiste Nora-hout was gesneden. Aardig hè, van haar?' Anne had Staffa nog nooit zo levendig meegemaakt. 'Totty is een heel bijzonder meisje. Je had moeten zien hoe snel ze me informatie kwam brengen over die roddel op de renbaan.'

'Hè? Welke roddel?'

'Ik kan het hier niet uitleggen. Kom mee naar de keuken.'

Staffa pakte Annes hand en trok haar mee door een deur. Een moment later stond Anne in een gezellige keuken, verlicht door goudgloeiende kaarsen.

'Madanne!' Totty stortte zich half lachend en half huilend op Anne en omhelsde haar stevig. 'Hebben ze je pijn gedaan? O, ik ben zo blij dat we op tijd waren.'

'Totty!' Het was zo fijn om haar andere vriendin ook te zien, dat Anne bijna blij werd. Ze ging op een keukenstoel zitten, en Totty zette drie koppen geurige narcissenbladthee neer.

'We kunnen hier niet lang blijven,' zei Staffa. 'Totty, zijn haar kleren klaar?'

Bij het kaarslicht zag Anne dat Staffa haar stijve groene jurk, die ze bij de races had gedragen, had uitgetrokken en nu gehuld was in een jongensjack en een lange broek. Totty overhandigde Anne een soortgelijk stel kleren, en alle drie moesten ze giechelen toen ze Annes afschuwelijke herderinnenjurk in de haard gooiden. De nieuwe kleren voelden zacht, vertrouwd en comfortabel.

'Goed,' zei Staffa, terwijl ze weer ging zitten. 'Ik zal proberen het uit te leggen. Vraag maar raak.'

Er tolden zo veel vragen door Annes hoofd dat ze niet wist waar ze moest beginnen. 'Waarom heeft de koningin Qilly naar de gevangenis gestuurd?'

Staffa's merkwaardige bleke huid leek te verharden. 'Omdat hij weigerde te trouwen met de bruid die ze voor hem had uitgekozen.'

'Ze kan hem toch moeilijk bevelen om verliefd te worden,' zei Totty, en ze schudde haar krullenbol. 'Vooral niet nu hij zo vreselijk verdrietig is om de oude prinses.'

'Qilly is altijd verdrietig,' zei Anne, denkend aan de melancholieke jonge koning. 'Ik weet dat de oude prinses jullie oma was, maar waarom trekt hij het zich zo vreselijk aan?'

Staffa en Totty wisselden een geheimzinnige blik uit.

Staffa zei: 'Dat is het juist. De oude prinses was niet onze oma. Ze was Qilly's vrouw.'

De uitverkoren bruid

'Zijn vrouw?' Anne viel bijna van haar stoel. Staffa was vast gek geworden. Moest ze nou echt geloven dat die broze oude dame de vrouw van de jonge koning was geweest?

Staffa zei: 'Ik zei het je toch al, wij zijn geen mensen. We worden veel langzamer oud dan jullie, en we leven veel langer. In mensenjaren is Qilly al bijna honderdzeventig.'

'Je bent niet goed snik,' zei Anne. Ze had het helemaal koud gekregen.

'Jawel, hoor.'

'Hoe... hoe oud ben jij dan?'

Staffa zei: 'Ik deed alsof ik een kind van jouw leeftijd was, in jouw wereld, omdat ik zo overkom op mensen. Ik ben eigenlijk vijfenzestig.' Ze glimlachte nogal droevig om Annes verbijstering. 'Ik was niet zo overtuigend als kind, hè? Maar ik was sinds 1951 niet meer in jouw wereld geweest, en ik liep vreselijk achter. Vandaar die ouderwetse kleren.'

'Waarom kwam je naar Lumpton?'

'Moeder koos jouw omgeving uit vanwege het landschap, en het grote aantal delicatessenwinkels.'

'En wat deed je op mijn school?'

'Ik wilde een vriendin zoeken,' zei Staffa. 'Jij en Totty hebben zo'n geluk. Jullie komen uit heerlijke, grote gezinnen, en jullie ontmoeten allerlei anderen. Ik leer nooit iemand kennen, omdat ik van moeder niet met de Eckers om mag gaan. Je weet gewoon niet hoe eenzaam dat is.'

'Niet meer aan denken,' zei Totty troostend. 'Nu heb je ons.'

'Ja, en dat is het beste wat me ooit is overkomen,' zei Staffa fel. 'Ik wil nooit meer terug naar dat prinsessenleven! Nooit! Al kom ik om van de honger.'

'Je kunt met mij mee teruggaan naar huis,' zei Anne hoopvol. 'Dat zouden de jongens geweldig vinden.'

'Of je kunt hier blijven,' zei Totty. 'Pa kan altijd wel wat hulp gebruiken in de looierij.'

'Dank je,' zei Staffa glimlachend. 'Maar ik vergeet helemaal de rest te vertellen. Luister alsjeblieft goed, Anne. Dan zul je begrijpen dat ik er echt niets aan kon doen. Ik dacht namelijk dat moeder alleen maar naar jouw wereld wilde om inkopen te doen. Dat doet ze één keer per jaar, maar ze had me niet meer meegenomen sinds die keer in 1951.'

'Waarom niet?' vroeg Anne.

'Omdat ik toen met een ander meisje had gesproken,' zei Staffa afgemeten, 'en een appel voor haar had gekocht. Moeder liet me afranselen, omdat ik ongehoorzaam was geweest.'

'Wat is het toch een lompe koe!' riep Anne uit.

Totty vroeg: 'Wat is een koe?'

'Nou, net zoiets als jullie slakken, maar dan een beet-je...'

'We dwalen weer af,' onderbrak Staffa haar. 'Deze zomer kondigde moeder plotseling aan dat ze me mee zou nemen naar jouw wereld. En deze keer wilde ze juist dat ik een vriendin zou vinden. Ik was verbijsterd, maar ook HEEL blij, want ik dacht dat mijn droom zou uitko-men.' Ze zuchtte diep. 'En daarom was ik niet zo wan-trouwig als ik had moeten zijn. Ik had kunnen weten dat ze iets in haar schild voerde.'

'Wat dan?' Anne deed haar best om alles te volgen.

'Zoals ik je al zei is mijn familie niet menselijk. Maar we moeten wel met mensen trouwen, anders sterft ons ras uit. Dus als we willen trouwen, gaan we via de kist jouw wereld binnen om een menselijke partner te vin-den. Qilly ging erheen in de jaren twintig van de vorige eeuw. Daar ontmoette hij Nora, op wie hij verliefd werd.' Staffa keek Anne indringend aan. 'Ze hield zo veel van hem dat ze erin toestemde mee te gaan door de kist en nooit meer terug te keren naar haar eigen wereld. Nora koos er zelf voor om hierheen te komen.'

Ze leek een antwoord te verwachten. Anne zei: 'O.'

'Ze was toen een heel mooi meisje, pas twintig jaar oud.' Tranen welden op in Staffa's ogen. 'En de eerste veertig jaar waren Qilly en zij heel gelukkig. Hoewel ze nooit kinderen kregen, en moeder enorm jaloers was. Want het volk was dol op Nora. Sommigen begonnen te vragen waarom de vrouw van de koning slechts een prinses was, terwijl ze koningin had moeten zijn. Je kunt je wel voorstellen hoe kwaad moeder toen werd.' Ze keek Anne aan. 'Volg je het nog?'

'Ik geloof het wel,' zei ze. 'Maar ik zie niet in wat ik ermee te maken heb.'

'Daar kom ik zo op. Die arme Nora werd steeds ouder, terwijl Qilly jong bleef. Hij had de vrouw van wie hij hield zien veranderen in een rimpelig oud dametje. Moeder schaamde zich voor haar, en ze eiste dat Qilly haar naar het jachtslot zond en een andere vrouw zocht. Maar hij wilde er niets van weten. Hij zei dat hij een gebroken hart had. Dat het wreed was om met mensen te trouwen, en dat hij het nooit meer zou doen.'

'De koningin was vast woest,' zei Anne.

'Dat kun je wel zeggen.' Staffa fronste. 'Onze connecties met de mensen vormen namelijk de sleutel tot onze macht over de Eckers. Die wachten tot onze koninklijke familie uitsterft. En als er geen nieuwe mensenbruid klaarstaat, zullen de Eckers weigeren nog langer onze onderdanen te zijn.'

'Waarom kan hij niet gewoon met een Ecker-vrouw trouwen?'

Staffa zei: 'Omdat moeder hem dan vermoordt.'

'Ja, goed, maar...'

'Anne, ze zou hem echt vermoorden. Geloof me nou.' Staffa fronste weer, en er biggelden twee tranen over haar wangen. 'Hij verkeert in levensgevaar. Ik ben zo bang dat ik hem nooit meer zal zien.'

Totty kneep even bemoedigend in haar hand. 'Kop op. De Nora's vinden wel een manier om hem te redden.'

Anne vroeg: 'Zullen de Nora's dan niet proberen hem te vermoorden?'

'O, nee,' zei Totty. 'De koning is al jaren lid. Hij wil dat wij Eckers een parlement krijgen en stemrecht, en dat soort deftige dingen. Hij is de koningin net zo zat als wij.'

Staffa snufte. 'Hoe dan ook, de oude prinses werd alsmaar ouder, en de Eckers werden steeds onrustiger, en dus besloot moeder in te grijpen. Het probleem was dat het onmogelijk is een mens mee te nemen via de kist, tenzij het uit vrije wil is.'

'Zoals bij mij,' zei Anne.

'Precies, zoals bij jou.'

Ze zwegen enkele minuten. Anne huiverde. Ze voelde iets onheilspellends naderen, als een ijsberg in een donkere koude poolzee.

'Telkens als moeder naar jouw wereld ging,' vervolgde Staffa, 'probeerde ze een bruid voor Qilly te vinden en die mee te nemen via de kist. Maar het lukte haar natuurlijk nooit om iemand over te halen. De mensen dachten dat ze gewoon knettergek was. Dus besloot ze mij als lokaas te gebruiken.'

'Jou? Hoe bedoel je?'

'O, Anne! Snap je het dan niet? Ze zei tegen me dat ik een vriendin mocht zoeken en die dan mee naar huis mocht nemen voor de vakantie. Wees alsjeblieft niet boos, ik wist echt niet dat het een valstrik was.'

Annes mond werd droog. 'Een valstrik?'

'Herinner je je die avond, toen haar hoed in brand stond?'

'Ja.'

'Toen was ze teruggegaan door de kist om weer een opstand te onderdrukken. En ze had daarbij aangekondigd dat ze een nieuw mens mee zou nemen, als de volgende koninklijke bruid.'

'Maar wie dan?'

Weer viel er een stilte.

Met een klein stemmetje zei Staffa: 'Jij.'

'IK?' bracht Anne uit. 'Maar hoe kan ik de nieuwe bruid zijn? Ik ben nog helemaal niet oud genoeg om te trouwen.'

'Je bent officieel de aanstaande prinses,' zei Staffa. 'Ze heeft iedereen verteld dat je met Qilly trouwt zodra je achttien bent.'

'Daarom staarde iedereen zo naar je, op de renbaan,' legde Totty ademloos uit. 'Ik hoorde ze erover praten. En ik hoorde ook dat je naar het jachtslot zou worden gestuurd, voor het geval je zou willen ontsnappen. Of gedood zou worden door de Stokken der Duisternis. Daarom moesten we je zo snel mogelijk ontvoeren.'

'De Stokken der Duisternis, dat zijn de antiroyalisten. Weer een andere groep rebellen,' legde Staffa uit. 'Die willen iedereen van het koningshuis vermoorden.' Haar lippen trilden. Ze onderdrukte een snik. 'Ik weet dat ik je enorm in de problemen heb gebracht, maar haat me alsjeblieft niet!'

Anne was helemaal van slag. De koningin wilde haar zeven jaar in een gevangenis stoppen en haar dan dwingen met Qilly te trouwen. Niet dat er iets mis was met Qilly, maar daar ging het niet om. De koningin wilde haar voor altijd in de kist houden, tot ze oud en rimpelig werd en stierf, net als de oude prinses. Als haar boosaardige plan slaagde, zou Anne de Jongenstuin nooit meer zien.

Ze stond op. Dit was zo eng dat ze niet eens meer angst kon voelen. In plaats daarvan borrelde diep vanbinnen een stille, hevige woede die haar heel moedig maakte. 'Ik wil niet trouwen. Ik wil naar huis,' zei ze vastberaden.

Staffa en Totty keken elkaar nerveus aan.

Anne stampte met haar voet. 'Breng me naar huis!'

Staffa zei: 'Zo simpel is het niet.'

'Dat kan me niet schelen!' schreeuwde Anne. 'Ik wil naar huis!'

'Luister,' zei Staffa. 'Ik zal doen wat ik kan om je weer thuis te krijgen. Maar zolang we de macht van mijn moeder niet hebben gebroken, is het onmogelijk.'

Anne probeerde zichzelf te kalmeren door een paar keer diep adem te halen. 'Goed,' zei ze. 'Dan zal ik jullie helpen haar te vernietigen. Ik wil me aansluiten bij de Nora's.'

'Maar het kan heel gevaarlijk worden!'

'Dat kan me niet schelen. Wat heb ik te verliezen?'

Voor Staffa nog iets kon tegenwerpen, klonk er een klop op de deur, in een bepaald ritme. Rat-tat-TAT.

Totty riep: 'Bruin brood!'

Een stem antwoordde gedempt: 'Slakkenboter!'

De keukendeur ging open, en Narcas snelde naar binnen, gevolgd door twee Eckers van middelbare leeftijd. Ze waren allemaal buiten adem.

'Het is helemaal misgegaan!' hijgde Narcas. 'Wat moeten we nu? Kedo is gearresteerd, en nu is er niemand meer om de koning te redden. We moeten de revolutie afblazen en de heuvels in vluchten!' Ze plofte neer op een stoel en begroef haar gezicht in haar handen.

Totty en Staffa keken elkaar angstig aan.

De oudere Eckers bleven echter kalm.

'Het heeft geen zin om in paniek te raken,' zei de man. 'We moeten gewoon een nieuw plan verzinnen.' Hij had pijpenkrullen rondom de kale plek midden op zijn hoofd.

'Dus dit is de mensenbruid,' zei de vrouw, die net zulke heldere ronde ogen had als Totty. 'Leuk je te ontmoeten, moppie.' Ze glimlachte naar Anne.

'Dit zijn onze pa en ma,' zei Totty. 'Het was de bedoeling dat zij een nieuwe schuilplek voor je zouden zoeken.'

'We waren van plan je naar buiten te smokkelen in een bakkerswagen,' zei Narcas, 'maar bij alle stadspoorten zijn de wachten verdubbeld. Ze zoeken je overal. De koningin heeft een pond chocolade uitgeloofd voor degene die je te pakken krijgt.'

'En Kedo zou de koning redden,' zei ma, nog steeds rustig. 'De hele revolutie was al in kannen en kruiken, alles was keurig geregeld. Maar Kedo kan natuurlijk niet veel uitrichten, vanuit een kasteelkerker.'

'Ja, dat was wel een tegenvaller,' zei pa. 'Hoe kunnen we de koning nu redden? Dat is de grote vraag.'

Narcas kreunde. 'Het is onmogelijk.'

'Niet waar!' riep Staffa uit, lijkbleek, maar vastberaden. 'Ik weiger het nu op te geven! Ik zal mijn broer redden en Anne naar huis sturen, al wordt het mijn dood!'

Pa schudde zijn hoofd. 'Veel te gevaarlijk voor zo'n jonkie als jij. Je bent nog geen zeventig!' (Als Anne niet zo bang was geweest, had ze hierom moeten lachen.)

'Kan me niet schelen,' zei Staffa. 'Ik heb Anne hierheen gebracht, en het is mijn verantwoordelijkheid.'

Totty en haar ouders wisselden bezorgde blikken.

Ma klopte Anne op de schouder. 'Maak je geen zorgen, moppie. Als het ons niet lukt om de macht van de koningin te breken, kun je hier bij mij blijven. Dan ga je bij me in de leer, en dan trouw je later als je groot bent met een aardige suikersmid en begin je je eigen winkeltje op de Fondantlaan!'

Anne slikte moeizaam. Ma bedoelde het goed, maar het idee dat ze de rest van haar leven in de kist zou moeten doorbrengen was echt ondraaglijk. Nu ze Totty's ouders had ontmoet moest ze nog meer aan haar eigen ouders denken. Ze verlangde zo naar huis dat ze wel kon huilen. Maar dit was geen moment voor tranen.

'Ik ben niet bang,' zei ze (en ze probeerde niet angstig te klinken). 'Laten we een plan verzinnen!'

Narcas kreunde weer. 'Maar het is onmogelijk. Tenzij een van jullie in staat is een bij te berijden.'

'O, nee!' zei Staffa, en ze werd nog bleker. 'Ik haat bijen!'

'Kedo is een bijenman,' legde pa uit aan Anne. 'Hij is verloofd met onze Pippock. Vanmorgen is hij stiekem hierheen gevlogen, toen iedereen zo druk was met de races. Hij heeft zijn bij in onze stal achtergelaten. Het fort in de bergen wordt zo zwaar bewaakt dat zelfs duizend Nora's niet in de buurt kunnen komen. Maar één enkele bij zou nog wel een kans maken.'

'Ik vraag me af...' begon Anne. Alle hoofden wendden zich naar haar toe. Ze werd een beetje rood. 'Is het net zoiets als paardrijden?'

De Eckers keken haar niet-begrijpend aan (paarden waren niet bekend in deze wereld), en dus richtte Anne zich tot Staffa. 'Ik kan namelijk wel paardrijden. Papa heeft ons allemaal geleerd op Leonard te rijden. Ik vroeg me af of dat ook zou werken op een bij, meer niet.'

Ze had eigenlijk verwacht dat ze haar zouden uitlachen, maar ze bleken het allemaal heel serieus te nemen.

'Zoveel anders kan het niet zijn,' zei Staffa bedachtzaam. 'Ik bedoel, bijen hebben ook teugels en zadels, net als de paarden in jouw wereld.'

Annes hart begon sneller te kloppen. Straks moest ze het nog echt doen ook! Had ze nou maar niets gezegd.

Tegelijk voelde ze de opwinding in zich opborrelen. Het zou geweldig zijn als ze erin slaagde de koning te redden!

'Alleen vliegen paarden natuurlijk niet,' zei Staffa.

'O ja, dat was ik even vergeten,' zei Anne. 'Ik ben bang dat ik geen idee heb hoe ik zo'n beest de lucht in moet krijgen.'

Iedereen keek teleurgesteld, behalve Totty, die opeens piepte: 'Met je tenen!'

Ma schudde haar hoofd. 'Waar heb jij het nou weer over?'

Totty keek haar stralend aan. 'Weet je niet meer wat Kedo ons vertelde? De bijenmannen hebben dat rijmpje:

Met je tenen, heel vlug
en ze gaat in de lucht.
Met je hielen, heel traag
en ze gaat omlaag.

Weer keek iedereen naar Anne. Nu was er geen weg terug meer. Met je tenen... Nou ja, ze kon het proberen. Ze deed haar best om dapper te lijken. 'Is er... is er een plek waar ik kan oefenen?'

Diktoria

'Doe het nou niet,' pleitte Staffa. 'Of je wordt neergeschoten, óf je valt eraf!'

'Dat risico neem ik dan maar,' zei Anne.

Totty's pa had hen beiden meegenomen naar de binnenplaats achter het huis, waar de stallen waren. Het was donker, maar een heldere maan scheen neer op de keien en verspreidde een zilveren licht over de grote balen slakkenhuiden.

In de eerste stal stond een grote bruine bank. Pa scheen er even op met zijn zaklamp, en plotseling kwam de bank overeind. Anne schreeuwde het uit van schrik. Het was geen bank, maar een grote bruine tor.

'Schrik maar niet,' zei pa. 'Dat is een van mijn trektorren, die lopen altijd voor de wagen. Ze doen je niks, tenzij je er per ongeluk op gaat zitten.' Hij zwaaide zijn zaklamp naar de volgende box. 'Dit is de jongedame voor wie je uit moet kijken.'

In de zachte schaduwen zag de enorme bij eruit als een pluizige helikopter zonder wieken. Ze was bedekt met een dikke zwart met geel gestreepte vacht. Haar zes behaarde poten stampten boos op de vloer. Haar voelsprieten waren net metalen krullen, zoals televisieantennes. En toen ze zich omkeerde, huiverden Staffa en

Anne bij de aanblik van haar angel, die giftig schitterde aan haar mollige achterwerk. Haar vleugels spreidden en vouwden zich weer dicht, en Anne vond het erg boeiend om te zien hoe keurig die grote witte waaiers in elkaar schoven.

'Ze heet Diktoria,' zei Totty's pa, op zachte, nerveuze toon. 'Volgens mij heeft Kedo haar naar de koningin genoemd. Weet je het wel zeker, juffie? Ze is echt heel fel. Alleen Kedo kan haar in toom houden.'

Anne slikte en hield haar blik strak op de bij gericht. Ze was erg bang, maar vastberaden het niet te laten merken. 'Hoe doet Kedo dat dan?'

'Hij praat tegen haar,' zei pa. 'Hij kalmeert haar met allerlei koosnaampjes, zoals Bloempje en Schatje en Zonnestraaltje. Hij is romantischer tegen die bij dan tegen onze Pippock!'

Diktoria liet een luid, kwaad gezoem horen, zo krachtig dat Anne het helemaal in de grond voelde doordreunen. Hoe moest ze dit wezen in vredesnaam Bloempje noemen? Ze balde haar handen tot vuisten om ze te laten stoppen met trillen, en stapte Diktoria's box binnen.

'Hallo, Diktoria,' zei ze. Het klonk als het gepiep van een muis.

Anne slikte weer, en deed haar best om kalmerend te klinken. 'Ik weet dat ik niet je geliefde Kedo ben, maar ik sta wel aan zijn kant. Dus ik wil dat je een brave meid bent en me op je rug laat rijden.'

Ze stokte. Het zoemen ging door, maar de enorme bij

leek iets minder boos. Anne waagde het om naar haar toe te lopen en haar hand over de ruige vacht te laten glijden. Het voelde alsof ze een grote gestreepte bizon stond te aaien. Er hing een vreemde geur om haar heen, deels dierlijk en deels zoetig, alsof iemand warme chocolademelk had gemaakt in het kamelenverblijf van de dierentuin.

'Rustig maar, meisje,' mompelde Anne. Diktoria droeg een zadel van paarse slakkenhuid, met merkwaardig gevormde zilveren stijgbeugels. Heel, heel voorzichtig tilde Anne de paarse teugels over Diktoria's hoofd. 'Kom maar mee, eh... Bloempje. Rustig maar!' Ze begon de bij de binnenplaats op te leiden.

Pa en Staffa deinsden angstig achteruit. Staffa zei ademloos: 'Pas op!'

Anne haalde diep adem. 'Diktoria, liefje, dit is heel belangrijk. Je bent onze enige hoop!' Haar mond was droog. Zou ze in staat zijn dit beest te berijden? Diktoria was drie keer zo groot als die goeie ouwe Leonard, en minstens drie keer zo knorrig.

'Bijen zijn erg gevoelig,' zei pa. 'Ik zou durven zweren dat ze weet dat er iets met Kedo is gebeurd. Ze maakt zich zorgen om hem.'

'Arm dier.' Voor het eerst had Anne medelijden met de bij. 'Arme ouwe Diktoria. We zullen je Kedo heus wel vinden, hoor!'

'Blijf nou van haar af!' riep Staffa. 'Straks vermoordt ze je nog!'

'Nee, hoor, dat doet ze niet. Toch, liefje?'

Staffa en pa hielden nog steeds afstand, maar Anne besefte plotseling dat ze Diktoria aankon.

'Ik ga proberen haar te berijden,' zei ze tegen pa. 'Kunt u me in het zadel helpen?'

'Ik voel er weinig voor, juffie. Ik heb nog nooit een bij aangeraakt! Maar als een klein mensje het aandurft...' Met trillende hand nam hij Diktoria's teugels en leidde haar naar een houten trapje aan de andere kant van de binnenplaats.

'Ik kan het niet aanzien,' jammerde Staffa. 'Dit wordt je dood!'

'Als we haar laten schrikken, dan steekt ze!' zei pa, en het angstzweet parelde op zijn bleke gezicht. 'Dan val je dood neer, en zij ook. En dan is er niemand meer om de koning te redden.'

Het was vreemd om te beseffen dat Diktoria hetzelfde was als een gewone kleine bij in Annes wereld, en zou sterven zodra ze haar dodelijke gif had gespoten. Maar dit was een zaak van leven en dood, en Anne wist dat ze dapper moest zijn. Het hele land rekende op haar. Heel nerveus, maar ook opgewonden, beklom ze het trapje en legde ze een been over Diktoria's brede, harde rug. Ze stak haar voeten in de stijgbeugels. Grote goedheid, ze zat op de rug van een bij!

Staffa vroeg: 'Is alles goed? Hoe voelt het?'

'Goed,' zei Anne. 'Het is best leuk, om zo hoog te zitten. Geef me de teugels maar.'

Pa gaf Anne de teugels, en liep meteen achteruit.

'Ik laat haar eerst een stukje stappen,' zei Anne. Ze probeerde zich in te beelden dat ze op Leonard zat, en tot haar grote vreugde bleek het berijden van een bij erg op het berijden van een paard te lijken. Diktoria mocht dan humeurig zijn, maar ze was goed afgericht en heel gehoorzaam.

'En nu ga ik proberen te vliegen,' zei Anne. 'Achteruit!'

Ze fluisterde het rijmpje zachtjes voor zich uit. 'Met je tenen, heel vlug, en ze gaat in de lucht!'

Ze porde een paar keer met haar tenen in de bijenflanken. Diktoria begon nog luider te zoemen. Plotseling ontvouwde ze haar vleugels, als pauwenstaarten.

De binnenplaats zonk onder haar weg. Het was ongelooflijk maar waar: ze vlogen. Anne liet Diktoria in een trage cirkel vliegen. Dat ging makkelijk, en het was fantastisch. Zoiets geweldigs had ze nog nooit meegemaakt, vond Anne. O, konden ze maar enorme bijen houden in de Jongenstuin. Wat een fantastische toernooien zouden ze dan kunnen organiseren in de wei!

'Met je hielen, heel traag,' mompelde ze. 'Kom op, juffrouw Diktoria. Laten we eens kijken of we kunnen landen.'

Ze porde langzaam met haar hielen in de ruige vacht van de bij, en heel gracieus daalden ze weer neer op de grond.

Anne klopte Diktoria op haar pluizige achterhoofd en

het gezoem daalde tot een slaperig gebrom.

Anne lachte. 'Volgens mij spint ze! O, is ze niet lief?'

'Ben je gek geworden?' Staffa was spierwit. 'Ik weiger op dat monster te rijden.'

'Het spijt me,' zei pa, 'maar je zult wel moeten. Hoe moet Anne anders de weg vinden naar het fort?'

'Stel dat Diktoria neerstort? Stel dat de soldaten van mijn moeder haar neerschieten?' Staffa huilde nu bijna. 'O, Anne, ik zal het mezelf nooit vergeven als er iets met je gebeurt.'

Anne wilde net iets dappers gaan zeggen toen er plotseling een luid gebonk klonk op de deur van het huis.

Een ruwe stem schreeuwde: 'Doe open, in naam der koningin! We weten dat het mens hier is. Doe open!' Pa, Anne en Staffa keken elkaar vol afschuw aan.

Ma haastte zich de binnenplaats op met een lantaarn. 'Jullie moeten nu echt gaan, moppies. Nu meteen. Dit is jullie enige kans!'

Weer klonk er geschreeuw van de andere kant van de poort. 'Doe open! Jullie zijn omsingeld.'

Pa pakte Staffa op alsof ze een zak aardappels was en gooide haar op Diktoria's rug, vlak achter Anne. 'Veel succes. Anne, vlieg zo snel mogelijk omhoog, om de kogels te ontwijken!'

'Veel geluk!' riep ma. 'Wees voorzichtig.'

De soldaten waren bezig de poort in te rammen. Nog een paar seconden, en ze zouden de binnenplaats op stormen. Het was nu of nooit.

Staffa sloeg haar armen stevig (een beetje te stevig) om Annes middel en verborg haar gezicht tegen Annes schouder. Anne porde met haar tenen, en Diktoria schoot de lucht in. Een ogenblik later waren pa en ma en de soldaten kleine stipjes op de binnenplaats, en spreidde de hele stad zich onder hen uit.

Anne zag oranje vuurflitsen en hele menigten die met elkaar vochten in de straten. Ze hoorde kogels fluiten in de warme avondlucht (maar gelukkig niet hoog genoeg om ze te raken).

'Staffa!' riep ze over haar schouder. 'Hou op met bang zijn! Je moet me vertellen waar we heen gaan!'

'Het spijt me,' jammerde Staffa. 'Ik weet dat ik me aanstel, maar ik kan echt niet naar beneden kijken.'

'Je móét naar beneden kijken,' schreeuwde Anne wanhopig. 'Je móét je angst opzijzetten, in elk geval lang genoeg om Qilly te redden.'

'Ja, je hebt gelijk.'

Anne voelde hoe Staffa diep ademhaalde en haar hoofd optilde van Annes schouder. Een paar seconden lang zwaaide ze vervaarlijk heen en weer in het zadel.

'Volg het kanaal,' zei ze ademloos. 'Naar het meer.'

'Gaat het wel? Je gaat toch niet flauwvallen of zo?'

'Nee, het gaat wel.' Staffa klonk nog steeds beverig, maar ze zat nu steviger en ontspande haar greep op Annes middel.

Ver beneden hen zag Anne het kanaal, dat zich in het maanlicht uitstrekte als een zilveren lint. Ze stuurde

Diktoria die kant op, en binnen een paar minuten hadden ze de door oorlog verscheurde stad ver achter zich gelaten.

Achteraf zou Anne het zich herinneren als de meest magische rit van haar leven. De zachte zomerbries streelde haar gezicht. Het door de maan verlichte landschap was spookachtig mooi. Diktoria zoemde sereen. Anne besefte dat de bij had besloten haar te vertrouwen. Ze vlogen over bossen, velden en heuvels. Ze passeerden dorpen en boerderijen. Af en toe riep Staffa aanwijzingen in haar oor.

Ze gingen nu in de richting van de bergen. Anne herkende de donkere vormen als de bergen die ze op de beschilderde kist had gezien. Het landschap werd ruiger en onherbergzamer, en er stak een kille wind op. Diktoria vloog steeds hoger, over de bergmeren en de besneeuwde toppen. De twee meisjes huiverden van de kou.

Eindelijk zagen ze het, een zwart fort dat uit de rotsen was gehouwen. In de torens blonken lichtjes, als gemene kleine oogjes. Het was een afschuwelijke plek.

'Moeders zogenaamde jachtslot,' zei Staffa.

Anne trok aan de teugels zodat Diktoria midden in de lucht bleef zweven (dit was een vreemd en niet onaangenaam gevoel, alsof je op een stilstaande grasmaaimachine zat). 'Wat doen we nu? Hoe gaan we naar binnen?'

'Dat doen we niet,' zei Staffa. 'Er zijn te veel bewakers. Ik vrees dat we om de torens heen moeten vliegen om

Qilly te zoeken, zonder dat ze ons in de gaten krijgen.'

'Maar dat lukt nooit! Nou ja, we kunnen het in elk geval proberen, en een heldendood sterven.' Anne porde Diktoria met haar tenen. De bij steeg nog hoger en ze zeilden over het grote zwarte fort heen.

Zo langzaam en stilletjes mogelijk cirkelden ze om de hoge, ongenaakbare torens heen, waarbij ze in elke verlichte ruimte naar binnen keken. Ze zagen afschuwelijke dingen. Kamers vol geraamten, kamers vol kwaadaardige messen en geweren, een gevangene die afgeranseld werd. Ze zagen ook bewakers die zaten te kaarten en een paar anderen die bezig waren met een soort dansles. Maar van Qilly was geen spoor te bekennen.

Staffa maakte zich zorgen. 'Ik hoop maar dat moeder hem niet ergens anders heen heeft gestuurd. Ik denk niet dat ze hem al vermoord heeft, maar met moeder weet je het nooit.'

Eindelijk, toen ze in de hoogste toren naar binnen keken, riep Anne opeens: 'Daar!'

Ze hield Diktoria in. Daar was de jonge koning. Hij zat aan een houten tafel bij kaarslicht een boek te lezen. Om zijn nek zat een grote metalen halsband.

Staffa siste: 'Qilly!'

Qilly sprong bijna uit zijn vel van schrik, maar hij was zo verstandig om geen geluid te maken. Hij sloop naar het venster. 'Staffa! Anne! Wat gebeurt er allemaal? Waar is die man van de Nora's?'

'Hallo, Qilly,' fluisterde Anne. 'Dat is nu niet belangrijk.

Ze krijgen ons zo dadelijk vast in de smiezen. Klim maar snel uit het raam, dan probeer ik de bij stil te laten hangen.'

Hij schudde zijn hoofd. 'Dat gaat niet. Moeder heeft me aan de muur vast laten ketenen.' (Nu zag Anne dat hij een dikke ijzeren ketting omhooghield, om te voorkomen dat die over de vloer zou slepen en lawaai zou maken.) 'Jullie moeten de sleutels stelen van de bewaker!'

'O. Waar is die dan?'

'Hij heeft pauze,' zei Qilly, 'Hij is in het bewakersverblijf, helemaal onder in deze toren.'

Diktoria begon rusteloos te worden. Anne aaide haar wat steviger over haar kop. 'Rustig maar, Dikkie.'

Staffa vroeg: 'Hoe herkennen we jouw bewaker?'

'Hij heet Spief, en hij heeft een lange rode baard, die hij in twee vlechten draagt. De sleutelbos hangt aan zijn achterzak. Maar het is veel te gevaarlijk!'

'Ik denk dat het een beetje te laat is om ons daar nog zorgen over te maken,' zei Staffa grimmig. 'Laten we maar gaan, Anne. We zien wel hoe we het aanpakken als we daar eenmaal zijn.'

Anne porde met haar hielen, en Diktoria dook zo plotseling omlaag dat Annes maag in haar keel schoot, zoals je ook wel hebt in de lift of op een schommel. Ze landden op een donkere binnenplaats. Voor alle vensters zaten de luiken potdicht, en er was alleen een kleine deur in de stenen muur. Anne en Staffa lieten zich uit het zadel glijden.

'Au!' fluisterde Anne. 'Mijn benen zijn helemaal stijf!'

Ze maakte de teugels vast aan een van de luiken, en merkte dat Diktoria's gezoem overging in gesputter, als van een kapotte motor.

'Ze is moe,' zei Anne. 'Het is goed als ze even kan uitrusten.' Alsof ze het had begrepen vouwde Diktoria haar vleugels dicht en dempte haar sputterend gezoem tot een diep, slaperig gebrom.

Vanachter de deur in de stenen muur hoorden ze geschreeuw en gelach en het gerinkel van glazen. En, wat verder weg, ook gezang. Anne moest plotseling denken aan de kroeg thuis, waar papa werkte, en ze onderdrukte snel een golf van heimwee die zo hevig was dat ze er bijna duizelig van werd. Ze moest niet meer aan thuis denken, en zich concentreren op het vinden van Qilly's bewaker.

Ze greep Staffa's koude hand beet. 'Kom mee!'

Ze renden de binnenplaats over en deden de zware houten deur een paar centimeter open. Aan de andere kant was alleen een lege gang. De meisjes slopen naarbinnen. Twee deuren stonden open. De kroeggeluiden en het gezang klonken nu luider.

Anne waagde een blik door de dichtstbijzijnde deur. Ze zag een grote, rokerige ruimte vol bewakers in zwarte uniformen. Ze zaten rond ruwe houten tafels, en de serveersters brachten ze borden vol eten en grote pullen vol schuimend spul dat een beetje op bier leek.

'Dit gaat nooit lukken!' fluisterde Staffa nors. 'Het zijn er veel te veel!'

Anne fluisterde: 'Concentreer je op de bewakers met baarden.'

Er waren verscheidene bewakers met een rode baard, en er was er ook een met een gevlochten baard, maar niet één bewaker met allebei. Snel, omdat ze wisten dat de tijd drong, keken Anne en Staffa in de volgende kamer, waar werd gezongen. Er hing een briefje aan de deur waar op stond: 'KOORREPETITIE GAANDE'.

De koorleden, allemaal bewakers, zaten in een groepje bij elkaar en hielden hun muziekboeken vast. Ze zongen een liedje dat Anne eerder had gehoord.

'De Ballade van Batsindo!' fluisterde Staffa.

'Hij viel in de afvoerput...' brulde het koor.

'Stop!' gilde de dirigent. 'Dit hoort dróévig te klinken. Tenoren, waar waren jullie nou? Begin nog maar eens, bij het negentiende couplet.'

'Kijk.' Staffa stootte Anne plotseling aan. 'Midden in de voorste rij.'

Dat moest Spief wel zijn. Zijn baard was nog roder dan Annes haar, en er zaten twee vlechten in. Hij zong heel luid en ernstig.

'Volgens mij zie ik zijn sleutels,' fluisterde Anne. 'Wat nu?'

Staffa fronste. 'We kunnen nu niets doen. Dat zou echt waanzin zijn. We zullen moeten wachten tot de repetitie voorbij is, en hem dan volgen. Met zijn tweeën kunnen we hem wel aan.'

'Hij is anders wel heel groot,' zei Anne aarzelend.

'Moeten we niet een zware kandelaar of zoiets gaan zoeken, zoals mensen in films altijd doen?'

'Een kandelaar? Waarvoor?'

'Om hem op zijn hoofd te slaan.'

'Maar hij is te groot. We kunnen niet bij zijn hoofd.'

Ze barstten allebei uit in nerveus gegiechel. Anne moest op haar wangen bijten om zichzelf te laten stoppen. Het is verbazingwekkend hoe moeilijk het is om te stoppen als je niet mag lachen, zelfs als je weet dat je er grote problemen mee kunt krijgen.

'Ik weet al wat,' zei Staffa, nu weer rustig. 'Luister je?'

Anne knikte.

'Ik zie daar een trap, daar achter dat poortje aan het einde van deze gang. Volgens mij is er een soort kast onder. Daar kunnen we ons verstoppen.'

Anne fluisterde: 'En als die nou op slot zit?'

'Mijn beste Anne,' zei Staffa. 'Ik ben ten volle bereid iedereen te doden die me een strobreed in de weg legt. Denk je nou echt dat ik er dan mee zit om een slot open te breken?'

'N... nee...' zei Anne verbaasd.

'Kom mee!' Staffa trok haar mee naar het poortje en de in schaduwen gehulde trap. Staffa had het goed gezien. Er was een kast onder de trap. Hij zat niet op slot. Staffa en Anne propten zich haastig in de kleine, vochtig ruimte. Staffa hield de deur op een kier, zodat ze konden zien wanneer Spief klaar was met zijn koorrepetitie.

Het zingen ging nog tien minuten door, maar voor de

twee meisjes leek het een eeuwigheid. De kast stond vol zwabbers en andere schoonmaakspullen. Ze gingen zitten op twee omgekeerde emmers.

Anne vroeg: 'Zou je werkelijk iemand kunnen doden?'

'Alleen als het echt niet anders kan,' zei Staffa. 'Maar ik ben niet zoals moeder, ik doe het niet voor mijn plezier.'

Anne was heel bang. Ze was nooit eerder in haar leven zo bang geweest. Ze fluisterde: 'Moeten we die Spief vermoorden?'

In de vochtige duisternis tastte Staffa naar Annes hand en kneep er geruststellend in. 'Natuurlijk niet. Weet je nog die keer in de Jongenstuin, toen we Jacob in een hinderlaag hadden gelokt?'

'Ja.' Annes gezicht vertrok van heimwee. 'Toen hij mijn kauwgum had gejat. We trokken zijn capuchon over zijn hoofd en duwden hem op de grond... wat doe je nou?'

'Ik doe mijn jack uit,' zei Staffa. 'Want dat is precies wat we met Spief gaan doen. We hebben die kauwgum te pakken gekregen, en we zullen die sleutels ook te pakken krijgen. Jij en ik vormen samen een geweldig team.'

Anne voelde zich meteen wat warmer vanbinnen, en wat moediger. Het was waar, dacht ze. Zij en Staffa vormden een geweldig team. En als Staffa haar hoofd koel kon houden, kon zij dat ook.

Het zingen stopte. In de verte hoorden ze de dirigent

zeggen: 'Bedankt, allemaal. Morgen weer, dezelfde tijd!'
De repetitie was afgelopen. Staffa bracht haar oog voor
de kier en keek of ze de rode gevlochten baard van Qilly's cipier al zag.

Anne wachtte ongeduldig af. Stel dat Staffa hem over
het hoofd zag, in die menigte? Ze hoorde de stemmen
en de voetstappen van de bewakers die passeerden op
de gang.

'Daar heb je hem!' siste Staffa. 'Hij komt deze kant op!'

Ze hoorden hem halthouden naast de deur. Ze hoorden zijn voeten op de trap naar boven, en het rinkelen
van zijn sleutelbos.

'Klaar?' fluisterde Staffa.

'Klaar!' fluisterde Anne.

Zo snel en stilletjes als ze konden renden ze achter
Spief aan. Staffa gooide haar jack over zijn hoofd, en
de grote bewaker schrok zo dat hij viel, net zoals Jacob
had gedaan, op de dag van de kauwgum. Staffa bond
zijn armen bij elkaar met hun riemen (waardoor Annes
broek nu wel heel erg los zat). Spief was te verdwaasd om
meer te doen dan kreunen, en daar was Anne blij om. Ze
had niet erg veel zin om iemand bewusteloos te slaan.

'Ik heb ze!' Staffa zwaaide met de sleutelbos. 'Snel
terug naar Diktoria!'

Anne had nog nooit zo hard gerend. Met haar hart in
haar keel vloog ze langs de wenteltrap omlaag en door
de schemerige gang langs de deur van de bewakerskroeg
de binnenplaats op.

Diktoria lag op de keien, als een slaperige hoop fluweel.

'Snel!' zei Anne. 'Spring op haar rug, nu ze nog ligt.'

Staffa was nog steeds niet zo zeker van Diktoria. 'Ze zal het niet leuk vinden dat we haar wakker maken.'

De twee meisjes krabbelden op de rug van de slapende bij. Anne merkte dat de rust Diktoria goed had gedaan. Ze ontwaakte met een luid, opgewekt gezoem en vloog bij de eerste lichte aanraking van Annes tenen de lucht in.

Qilly stond te wachten bij het raam van zijn cel. Toen hij ze zag, slaakte hij een kreet van opluchting. 'Ik dacht dat jullie gepakt waren! Waarom duurde het zo lang?'

'Koorrepetitie,' zei Staffa. 'Ik gooi de sleutels naar binnen.'

Ze gooide de sleutelbos door het raam. Anne, die haar best deed om Diktoria op dezelfde plek te laten hangen, zag dat Qilly de sleutels meenam naar de tafel om ze bij het kaarslicht te bekijken. Ze wilde hem toesnauwen dat hij zich moest haasten – hij gedroeg zich nogal nonchalant, terwijl hun leven op het spel stond – maar hij bleef kalmpjes de sleutelbos doorzoeken.

'Meisjes!' zei hij ondertussen. 'Jullie zijn heldinnen. Maar waarom hebben ze jullie op zo'n gevaarlijke missie gestuurd? Waar is Kedo?'

'Kedo is gearresteerd,' zei Staffa. 'Anne was de enige die een bij kon berijden.'

Qilly lachte zachtjes. 'Toen jullie opeens voor het

raam hingen, kreeg ik bijna een hartaanval!' Hij zag er niet meer verdrietig uit, maar levendig en opgewonden. 'Ja, ik heb hem!' Hij maakte zijn ijzeren halsband open en rende naar het raam. 'Ik neem de bij wel over. We gaan naar de bijenfarm. Gaan jullie maar achter me zitten, en houd je zo goed mogelijk vast. We gaan vliegen als de wind!'

De bijenfarm

Deze keer was het ritje op de bijenrug minder plezierig. Qilly joeg Diktoria voort, door bitterkoude winden, over een rotsachtige woestenij. Annes handen, die Qilly's riem stevig vasthielden, werden gevoelloos van de kou. Ze was erg moe, en ze had erge honger, en haar benen deden pijn omdat ze ze steeds vast moest klemmen om niet uit het zadel te vallen.

Diktoria dook plotseling omlaag, naar wat lichtjes ver beneden hen op de grond. Anne zag een hoog hek en een aantal gebouwen, die leken op grote loodsen.

Qilly sprong kordaat uit het zadel en hielp de twee meisjes omlaag. Hij bond Diktoria vast aan een houten paal. Annes benen waren zo stijf dat ze nauwelijks kon lopen.

'Het is de koning!' riep een schelle stem. 'Hoera! Het is ze gelukt!' Licht stroomde door een open deur naar buiten. 'Kom snel binnen, uit die koude wind.'

'Hallo, Pippock,' zei Qilly. 'Hoe is het met je?'

De zus van Totty en Narcas kwam ze tegemoet om ze te begroeten. Dit was de zus die als kokkin werkte op de bijenfarm, en verloofd was met de eigenaar van Diktoria. Pippocks haar zat in keurige krullen, onder een wit kapje. Ze was een heel keurig persoontje, en leek erg veel op haar ma.

'O, majesteit! We zijn in alle staten! Narcas heeft een postvlieg gestuurd om ons te waarschuwen. Ze zijn allemaal gevangengenomen. Ma en pa en Narcas, en mijn arme Kedo.'

'Houd moed,' zei Qilly. 'Het zal niet lang meer duren. Kun je die meisjes wat te eten geven?'

Pippock schoot naar voren om Anne en Staffa een kus te geven. 'Arme kleintjes! Hup, meteen naar binnen.'

Ze ging ze voor een eetzaal binnen die vol stond met lange tafels en banken. Het was er heerlijk warm, en verbazingwekkend schoon. Aan de muren hingen allerlei strenge waarschuwingen: 'GEEN LAARZEN!', 'GEREED- SCHAP NIET MEE NAAR BINNEN!', 'ONGEWASSEN HANDEN KRIJGEN EEN TIK!'. Ook de koning moest van Pippock twee keer zijn voeten vegen. Anne herinnerde zich nu dat Totty haar zuster tamelijk bazig had genoemd.

Een grote pan bladluissoep hing te pruttelen boven het laaiende keukenvuur. Annes maag begon te rommelen toen ze het rook. Pippock gaf ze alle drie een kom vol dampend hete soep. Het smaakte verrukkelijk.

'Pff, dat is beter!' zei Qilly. 'Je wilt niet weten wat voor spul ik in de gevangenis te eten kreeg. Ik hoop dat jullie niet te moe zijn, meisjes.'

'Ik ben helemaal niet moe meer, nu ik wat gegeten heb,' zei Anne. 'Wat gebeurt er nu?'

Staffa vroeg: 'Wanneer gaan we moeder afzetten?'

'Alles op zijn tijd. Ik moet eerst iets anders doen.' Tot hun verbazing grinnikte hij naar Pippock. 'Is alles klaar?'

Ze giechelde terug. 'Ja, majesteit. Ze wachten allemaal op u in Korf Eén.'

Hij stond op. 'Kom mee, meisjes. Ik wil dat jullie erbij zijn.'

Pippock riep plotseling: 'Wacht!' Ze snelde naar de koning en speldde een grote witte bloem op zijn uniform. 'O, ik hoop maar dat ik niet ga huilen.'

Wat gebeurde er allemaal? Anne keek naar Staffa, maar die snapte er duidelijk net zo weinig van als zij.

Ze verlieten de warme eetzaal en staken een donkere, winderige binnenplaats over. Qilly opende een klein deurtje in een van de grote loodsen.

Binnen in de korf zag Anne een ongelooflijk schouwspel. Een hele muur werd ingenomen door iets wat op het eerste gezicht een heel vies aquarium leek. Maar als je goed keek, zag je dat het eindeloze rijen cellen waren, gemaakt van bijenwas. Die was leek op dik, smerig glas. Binnen in elke cel kon je de donkere vorm van een enorme bij zien. De lucht was warm en vochtig. Er klonk een luid, laag gezoem dat de vloer deed trillen, en er hing een sterke honinglucht. Anne kon de speciale cel die toebehoorde aan de imposante bijenkoningin niet ontdekken, maar ze wist dat die het onzichtbare centrum vormde, zoals de machinekamer van een schip.

Een grote menigte bijenmannen stond ze op te wachten. Alle mannen waren gewapend met de indrukwekkende gereedschappen van hun gevaarlijke beroep. Sommigen hielden grote honinglepels vast, anderen hadden venijnige scharen en weer anderen droegen scherpe wasmessen. Hun wapens glommen in het schemerige licht, en ze zagen er heel bloeddorstig uit. Toen ze Qilly zagen, barstten ze uit in luid gejuich. 'Lange leve de koning! De Nora's aan de macht!'

'Dank jullie wel,' zei Qilly. 'De heerschappij van mijn moeder is bijna ten einde. Maar nu eerst de ceremonie!'

De menigte bijenmannen week uiteen. Staffa en Anne hapten naar adem.

Daar, op de plakkerige vloer van de enorme bijenkorf, stond een klein figuurtje helemaal in het wit gekleed, haar gezicht bedekt door een witte sluier.

'Mijn bruid,' zei Qilly.

Pippock veegde haar tranen weg. 'Ziet ze er niet prachtig uit? Ik wist wel dat ik zou gaan huilen.'

Anne en Staffa konden alleen maar staren. Dit was wel het laatste wat ze hadden verwacht.

'Je... je bruid?' fluisterde Staffa. 'Dat kan toch niet!'

Qilly dempte zijn stem. 'Ik weet dat ik die arme Nora pas kort geleden verloren heb, en ik zou het vreselijk vinden als je denkt dat haar dood me koud laat. Maar ze wist dat ik van een ander hield, en ze heeft ons haar zegen gegeven. Geloof me alsjeblieft, Staffa. Ze heeft ons zelfs haar mensenketel gegeven, als huwelijksgeschenk!'

'Dat bedoelde ik niet,' zei Staffa. 'Maar moeder zal helemaal door het lint gaan.'

'Moeder is niet langer de baas,' zei Qilly opgewekt. 'Snap je het dan niet? Dit zal al haar plannen ruïneren.

Ze kan die arme Anne niet dwingen met me te trouwen, als ik al een vrouw heb!'

Hij nam zijn plaats in naast de bruid. Ze gooide haar sluier naar achteren en onthulde haar gouden krullen en haar mooie Ecker-gezicht. Een heel beroemd gezicht.

Anne riep: 'Migorn! Hij trouwt met Migorn! Nu begrijp ik dat toneelstuk.'

Pippock snoot haar neus. 'Ja, en na de revolutie wordt zij onze allereerste Ecker-koningin. Is het niet romantisch?'

'Maar... maar...' Staffa was zo verbijsterd dat ze verder niets uit kon brengen.

'We zijn al heel lang stiekem verloofd,' zei Qilly. 'Sorry, ik kon het je niet eerder vertellen. Dat was te gevaarlijk. Moeder zou haar vermoord hebben. Ik hoop dat je niet al te erg geschrokken bent.'

'O!' zei Staffa. 'Dit is... geweldig!' Ze begon te lachen en toen te huilen, zodat ze Pippocks zakdoek moest lenen.

Een oude man met een grijze baard stapte uit de menigte naar voren en ging voor het jonge koppel staan. Anne vroeg zich af of dat de dominee was. Zouden ze ook dominees hebben, in deze wereld?

'Migorn,' zei de oude man. 'Neem jij deze man tot je wettige echtgenoot?'

'Ja!' zei Migorn.

'Qilliam, neem jij deze vrouw tot je wettige echtgenote?'

'Ja!' zei Qilly.

'Met de macht die mij is toegekend als Controleur van Bijenfarm Negenenveertig in het Sackenwald-district,' zei de oude man, 'verklaar ik jullie nu tot man en vrouw.' (De controleur van de farm had kennelijk de bevoegdheid om huwelijken te sluiten, net als een scheepskapitein in onze wereld.)

Iedereen in de bijenkorf boog diep.

'Drie hoeraatjes voor de nieuwe koningin!' schreeuwde Pippock.

Het gejuich was zo oorverdovend dat de bijen rusteloos werden en begonnen te brommen en te trappelen in hun cellen van was.

Staffa omhelsde haar broer en gaf Migorn een verlegen kus. 'Gefeliciteerd. Wat een fantastisch nieuws!'

'Nu zijn we zusters,' zei Migorn. 'Kunnen we ook vriendinnen worden?'

'Ik wil niets liever,' zei Staffa, en haar hele kinderlijke gezicht straalde. 'En ik heb altijd al een zuster gewild.'

Qilly sprong boven op een honingvat. 'Kameraden!' schreeuwde hij. 'Volgen jullie mij?'

'JA!' brulden de bijenmannen.

Plotseling was iedereen aan het rennen, en Anne werd bijna onder de voet gelopen. Staffa en Migorn trokken haar mee naar de muur, waar ze veilig kon staan terwijl ze vol verbazing toekeek.

Een groep bijenmannen duwde twee immense deuren open. De andere bijenmannen klauterden razend-

196

snel omhoog over een stelsel van ladders dat voor de cellen langs zigzagde. Elke man sneed zich een weg naar binnen, een cel in, en beklom een bij. Binnen een paar seconden was de korf één massa boze, zoemende bijen, die door de grote deuren naar buiten zwermde, de koude nacht in.

'Nu niet treuzelen, Anne.' Pippock pakte haar hand. 'Het is tijd om die bij van je te bestijgen. Het spijt me dat ik huil, maar ze doet me zo denken aan mijn arme Kedo. O, ik vind het zo'n vreselijke gedachte dat die lieve schat in zo'n koude kerker zit opgesloten.'

De meisjes haastten zich naar buiten, het hoofd gebogen om de overvliegende bijen te ontwijken. Diktoria stond al te wachten. Annes hart sprong op. Ze wist zeker dat Diktoria ook blij was haar te zien. De knorrige bij stopte met brommen en trappelen en begon haar spingeluid te maken. Anne aaide haar nek. Ze had niet gedacht dat het mogelijk was om één bij speciaal leuk te vinden (in onze wereld zou iedereen dat heel raar vinden), maar ze vond Diktoria echt heel lief, en dat gaf haar op de een of andere manier extra zelfvertrouwen.

Ze gaf Diktoria een stevige knuffel en mompelde in iets waarvan ze vermoedde dat het haar oor was: 'Ik vind het ook heel fijn om jou te zien!'

Het was een schitterend gezicht. Een paar honderd bijen vlogen weg in een strakke formatie, geleid door Qilly op de bijenkoningin, die perfect was afgericht. De drie meisjes vlogen in het midden van de groep op Diktoria, omringd door een gewapende lijfwacht. De groep bijen van Farm 49 kreeg al snel gezelschap van honderden, nee duizenden bijen van andere farms in de buurt. Samen vormden ze een grote zoemende zwerm die op de stad af snelde.

'Dit is ongelooflijk!' zei Anne over haar schouder tegen Staffa. 'Als we zo dadelijk aanvallen, hebben ze geen schijn van kans.'

Want dat was het plan, een verrassingsaanval vanuit de lucht.

Staffa maakte zich wel zorgen. 'Moeder geeft zich niet zomaar gewonnen. Als ze wint, zal haar wraak verschrikkelijk zijn. Ze vergeeft nooit iets!'

'O, ik ken haar soort,' zei Migorn duister. 'Bij mij op het koor zat iemand die precies zo was.'

Migorn was, als je haar eenmaal leerde kennen, een aardig meisje. Opgewekt en dapper, en een stuk minder teer en breekbaar dan ze er op het podium uitzag. Ze gaf Anne en Staffa kleine harde snoepjes die naar zeep smaakten, gooide er speels wat naar de lijfwachten en maakte allerlei grove grappen over de koningin. Maar haar zintuigen stonden op scherp, en als een van de eersten hoorde ze het nieuwe, sinistere geluid dat boven het gezoem van de bijen uitklonk.

'Ssst!' siste ze naar de anderen.

Het was een hard, onaangenaam, dreunend geluid. Het klonk nog ver weg, maar het werd steeds luider.

Anne vroeg: 'Wat is dat? De donder?'

'We worden aangevallen!' riep een van de lijfwachten. 'Het is de Wespengarde!'

Plotseling was de donkere hemel boven hen gevuld met zwarte silhouetten. Gevleugelde silhouetten, met meerdere angels die kwaadaardig glommen aan de staarten, en bereden door de meest moordzuchtige soldaten van de koningin. De drie meisjes gilden het uit en klampten zich aan elkaar vast, terwijl om hen heen zware strijd werd geleverd. De grote wespen stortten zich op de luchtmacht van de koning. Bijen en mannen vielen naar beneden. Anne zag Qilly op zijn bijenkoningin, die wanhopig probeerde twee van die afschuwelijke wezens af te weren. Wespen waren al erg genoeg als ze een gezellige picknick verpestten, dacht Anne. In deze wereld waren ze zo groot als sportvliegtuigen, en ze deden je nekharen overeind staan. Dit waren geen vriendelijke, tamme beestjes, zoals Diktoria, maar meedogenloze vechtmachines. Als je ze van dichtbij bekeek, zag je dat hun geel met zwarte lijven een vettige glans hadden, en dat hun koppen gemeen en puntig waren.

'Anne, moeder mag jou niet te pakken krijgen!' riep Staffa. 'Dan ga je naar de gevangenis. En ze vermoordt Migorn, als de wespen dat tenminste niet doen.'

'We moeten proberen weg te komen,' schreeuwde Anne, worstelend om de doodsbange Diktoria onder controle te houden.

'Maar waar kunnen we heen?'

Migorn bleef rustig. 'Volg mijn aanwijzingen maar, Anne. Ik weet een plek in de stad waar we ons kunnen verbergen.'

De diamanten zaag

Diktoria ontsnapte uit de chaos van het luchtgevecht, en vloog zo snel dat de drie meisjes zich aan haar rug moesten vastklampen om niet te vallen.

'Het is ons gelukt!' zei Migorn ademloos. 'We hebben ze afgeschud. Laat haar laag vliegen, Anne, en stuur haar naar de stad.'

Aan de horizon verscheen het eerste grijze streepje licht van de nieuwe ochtend. Anne zag de daken en de torens van de stad recht voor zich. Zodra ze de buitenwijken bereikten, zagen ze dat er beneden in de straten werd gevochten.

'Zie je dat roze huis daar?' zei Migorn in Annes oor. 'Probeer in de tuin te landen.'

Het was inmiddels zo licht dat Anne het grote, vierkante roze huis dat midden in een grote tuin stond al gauw gevonden had. Ze porde met haar hielen en trok aan de teugels, en de uitgeputte bij landde zachtjes op het gazon.

Anne gaf Diktoria een knuffel en aaide over haar kop op de manier de ze zo prettig leek te vinden. 'Brave meid. Je bent een echte heldin!'

Ze stegen alle drie af. Het was heel vreemd om nu opeens, na die angstaanjagende vlucht, midden in een rustige tuin in een buitenwijk te staan, tussen de heesters en de bloembedden. Maar ze hoorden wel geschreeuw en geweerschoten buiten op straat. Ze verkeerden nog steeds in gevaar.

'Laten we haar tussen de vergeet-mij-nieten verbergen,' zei Migorn. Ze hielp Anne om Diktoria naar een schuilplaats in de bosjes te leiden.

Anne keek eens goed naar het roze huis. Boven de voordeur hing een groot bord: 'VILLA NORA – HUIS VAN DE BEROEMDE DANSENDE WEZEN'.

'Hier ben ik opgegroeid,' legde Migorn uit. 'Ik was een Dansende Wees. Zo ben ik ook in de showwereld terechtgekomen. Ik weet zeker dat ze ons nooit zullen verraden.'

Ze klopte aan de deur.

'Ga weg!' schreeuwde een beverige stem binnen. 'Ik waarschuw je, dit huis is vol sterke, wrede mannen. Ze zijn allemaal tot de tanden gewapend en volkomen meedogenloos.'

Migorn boog zich voorover en riep door de brievenbus: 'Juffrouw Dizzel, laat ons alstublieft binnen. Ik ben het, Migorn. We moeten ons verbergen voor de koningin.'

'Migorn! Mijn lieve kind!' De voordeur vloog open, en daar verscheen een oudere Ecker-dame met krulspelden in haar grijze haren, gekleed in een ochtendjas, een deegroller stevig in haar hand geklemd. 'Kom snel binnen.'

Anne en Staffa stapten een grote hal binnen, waar

een portret van de glimlachende oude prinses boven de open haard hing. Als hun leven niet op het spel had gestaan, had Anne erom moeten lachen. De 'sterke, wrede mannen' bleken allemaal bange kleine meisjes te zijn, gewapend met vorken, pollepels en bezemstelen.

Toen ze Migorn zagen, lieten de meisjes hun geïmproviseerde wapens vallen en dromden ze om haar heen, juichend van blijdschap. Migorn deelde knuffels en zoenen uit alsof het haar zusjes waren, en de warmste omhelzing was voor juffrouw Dizzel. 'Ik wist dat u ons zou helpen.'

'Grote goedheid!' riep juffrouw Dizzel uit. 'Je hebt prinses Staffa meegenomen. En de mensenbruid.' Meteen zag ze het gevaar. 'Och jeetje, waar kunnen we jullie nou verbergen? De soldaten van de koningin zijn de hele buurt aan het uitkammen.'

'Op zolder!' zei Migorn.

'In de kelder!' riep een van de Dansende Wezen.

'Nee, daar kijken ze als eerste,' zei juffrouw Dizzel. 'Ik weet een veel betere plek. Meisjes, pak je wapens.'

'Ja, juffrouw Dizzel,' riepen de wezen in koor.

'Opschieten, liefjes!' De oude dame knikte naar Migorn, Anne en Staffa, en draafde toen kordaat door de hal. Ze leidde ze door een gang en een achterdeur en over weer een ander gazon. De zon was inmiddels opgekomen. In het rozige licht van de dageraad zag Anne een groot houten gebouw, dat een beetje op een muziekkoepel leek, zoals je wel eens in een park ziet.

'Het zomertheater,' zei Migorn. 'Natuurlijk!'

Juffrouw Dizzel haalde een grote sleutelbos uit haar zak. 'Onder het podium is een geheime kamer. Weet je nog, Migorn? Daar hield je altijd je ondeugende middernachtsfeestjes.'

'Wist u dat dan, van die feestjes?'

'Doe niet zo dwaas, lieverd. Natuurlijk wist ik dat. Daarom deed ik de koektrommels ook nooit achter slot en grendel.' Juffrouw Dizzel maakte een kleine deur aan de zijkant van het gebouw open. Anne en Staffa volgden Migorn een donkere, vochtige ruimte in, die leek op een kelder. 'Van buitenaf kun je de deur niet zien. Wees zo stil mogelijk, dan zullen ze jullie nooit...'

Juffrouw Dizzel stopte plotseling, en werd heel bleek.

Er stond iemand luid op de voordeur van het roze huis te bonken.

Een schelle stem, die hen angstaanjagend bekend voorkwam, tetterde: 'Doe open! Geef me mijn mensenbruid!'

'O, nee,' zei Staffa. 'Moeder! Hoe heeft ze ons gevonden?'

'Jullie zijn gevolgd,' zei juffrouw Dizzel. 'Ik zal haar zo lang mogelijk tegenhouden.' Ze haastte zich de geheime kamer uit en deed de deur achter haar weer op slot.

Anne, Staffa en Migorn stonden daar stilletjes te bibberen. Was er een kans dat ze niet gevonden zouden worden?

De stem van de koningin schalde door de tuin. 'Ik weet dat ze hier is, juffrouw Dizzel. Ik heb de bij gevonden waar ze op reed. Ze is niet in het huis, dus verstopt ze zich in deze schuur.'

'Het is geen schuur,' beet juffrouw Dizzel haar toe. 'Dat is ons zomertheater, en we hebben het net opnieuw laten schilderen.'

'Nou, die moeite had je je kunnen besparen,' zei de koningin. 'Zodra de revolutie voorbij is, laat ik dit weeshuis sluiten. Dansende Wezen, het mocht wat! Dansende Lastpakken, zul je bedoelen.'

'Maar majesteit,' pleitte juffrouw Dizzel. 'Het zijn maar kleine meisjes. En ze kunnen nergens anders heen.'

'Ze kunnen in mijn keukens komen werken.'

De drie meisjes grepen elkaars ijskoude handen beet. Ze hoorden gebonk van voetstappen boven hun hoofd, op het podium.

'Kijk, ik sta op het podium!' bulderde de koningin. 'Boeren, burgers, buitenlui...' begon ze gekscherend. 'Vertel op,' snauwde ze toen. 'Wat zit hieronder?'

'Niets!' piepte juffrouw Dizzel moedig.

'O, néé!' Plotseling hapte Migorn naar adem. 'Ze staat op het valluik!'

Er klonk een luid gekraak en een oorverdovend gegil, en de koningin viel door het luik de geheime kamer in, waarbij ze Staffa op een haar na miste.

'Had ik je maar verpletterd,' zei de koningin tegen Staffa. 'Noem jij jezelf een dochter? Jij gaat direct naar de gevangenis, jongedame.'

Staffa, Migorn en Anne zaten vastgeketend aan de grote haard in de hal van het roze huis. Twee soldaten bewaakten juffrouw Dizzel en haar wezen. De koningin (die een belachelijk uniform van paars satijn droeg) ijsbeerde woedend door de hal, terwijl ze het snoep van de wezen opat.

'Anne, jij gaat ook naar de gevangenis,' vervolgde de koningin. 'En die ordinaire troela daar...'

'Wat je zegt ben je zelf!' zei Migorn dapper. 'Lelijke ouwe taart!'

'O, zo brutaal zul je echt niet meer zijn als je eenmaal in een kooi woont, juffrouw Migorn. Je zult elke avond zweepslagen krijgen, omdat je zo verwaand was om te denken dat je met mijn zoon kon trouwen. Je hebt niet eens één druppel mensenbloed!'

'U kunt me hier niet houden,' ze Anne. 'Ik wil naar huis.'

De koningin was nu weer kalm. 'Hou nou maar op met zeuren, Anne. Je bent een toekomstige prinses. De meeste meisjes zouden die kans met beide handen aangrijpen. Over een week krijgen je ouders het treurige nieuws dat je dood bent.'

Anne slikte een aantal keer, om haar tranen te onderdrukken. Dit was echt vreselijk. Over een week zouden haar arme papa en mama denken dat hun enige dochter dood was. Tenzij ze ontsnapte.

'Wat een opluchting!' zei de koningin. 'Eindelijk is dat vreselijke lawaai buiten gestopt.'

Anne en Staffa staarden elkaar aan. Het was waar, het geschreeuw en de explosies buiten waren verstomd. Nu heerste er een diepe stilte, die met de minuut nog dieper werd.

'Dat betekent dat mijn kant gewonnen heeft,' zei de koningin, met haar valse grijns. 'Dus alles is weer zoals het was, behalve dat ik nog een paar nieuwe straffen heb bedacht.'

Een bekende stem riep van buitenaf: 'Moeder, het is allemaal voorbij. De stad is gevallen, je soldaten zijn verslagen, en ik ben nu de baas!'

'Het is Qilly!' riep Migorn uit. 'Hij heeft gewonnen!'

De drie meisjes, de wezen en juffrouw Dizzel barstten los in luid gejuich.

'AAAARGH!' brulde de koningin. Haar gezicht werd net zo paars als haar satijnen uniform. Haar soldaten lieten hun wapens vallen en staken hun handen in de lucht.

Een van hen mompelde: 'Ik zei toch dat we de andere kant moesten kiezen.'

Als Anne niet vastgeketend was geweest, zou ze op en neer hebben gesprongen van vreugde. Qilly kwam binnen lopen met een groep trouwe Nora's. De soldaten van de koningin werden vastgebonden en afgevoerd. De meisjes werden bevrijd, en Staffa en Migorn haastten zich om de koning te omhelzen.

Toen sloeg Staffa haar armen om Anne heen. 'Het is ze gelukt! Ze hebben haar macht gebroken. Nu kan ik gewoon samenleven met de Eckers, en wordt alles veel beter.'

'Maak een buiging voor de echte koning, meisjes!' riep juffrouw Dizzel tegen de wezen. 'En let maar niet op die ouwe heks in het paars.'

Een van de wezen vroeg: 'Is ze dan geen koningin meer?'

'Nee, liefje,' zei juffrouw Dizzel. 'Migorn is nu de koningin. En ik denk dat ze graag wil dat jullie voor haar dansen bij het Kroningsbal. U kunt ze nu direct boeken, majesteit!'

Ondertussen had de koningin zitten blazen en snuiven als een gestrande walvis. Plotseling gilde ze het uit, en ze sprong overeind: 'ZIJ zal nooit koningin worden!'

'Moeder,' zei Qilly. 'Doe nou niet zo vervelend. Migorn is al koningin. We zijn getrouwd.'

'Onzin!' blafte de koningin. 'Dat is niet legaal.'

Staffa zei: 'Waarom moet je alles weer verpesten? Ik vind het juist geweldig.'

'HIJ GAAT MET ANNE TROUWEN!' De koningin bulderde dit zo luid dat er een barst in het plafond verscheen.

'Anne gaat naar huis,' zei Qilly, en hij lachte vriendelijk naar Anne. Ze lachte terug, en plotseling voelde ze zich heel gelukkig. Ze ging naar huis, naar de rommelige, rumoerige, smoezelige, fantastische Jongenstuin.

Naar mama, papa, grappige Martin, gekke Dennis en Jacob, brutale Mark en Paul en mollige kleine Ted. Ze verlangde zo hevig naar ze dat het pijn deed.

De koningin zei: 'Anne gaat helemaal nergens heen. Ik houd haar hier tot je van gedachten bent veranderd. En daar kun je niets tegen beginnen.'

'Moeder, toe nou,' zei Qilly geduldig. 'Geef me de diamanten zaag.'

'NEE!'

'Geef me de diamanten zaag, moeder.'

'NEE!' brulde ze. 'Ha! Wat ga je nu doen? Zonder die zaag ben je nergens, en je zult nooit raden waar ik hem verstopt heb.'

Anne stootte Staffa aan. 'Waar heeft ze het over?'

'Dat is de sleutel tot de betovering,' zei Staffa. Ze klonk bezorgd. 'Om een mens mee te nemen via de kist moet je een klein plukje van zijn of haar haren afhalen, met een speciale piepkleine zaag die van diamant is gemaakt. Als je weer teruggaat, heb je de diamanten zaag nodig om de ring door te zagen.'

Anne keek naar de gouden ring om haar pink. Ze had vaak geprobeerd hem van haar vinger te halen, maar het ding verschoof geen millimeter. Hij leek met haar vinger vergroeid te zijn.

Ze vroeg: 'Waarom heeft ze dan niets van mijn haar afgehaald?'

'Dat heeft ze wel gedaan,' zei Staffa. 'Waarschijnlijk toen je lag te slapen.'

Plotseling kwam er een herinnering naar boven. Anne sloot haar ogen om het tafereel weer voor zich te zien. 'Mijn droom! Het was dus geen droom. Ik dacht dat ze zich alleen maar over me heen boog, maar ze was mijn haar aan het afsnijden.' Van pure opwinding kwam ze bijna niet uit haar woorden. 'Dan weet ik waar ze die zaag heeft verstopt. In de pijp van haar lange onderbroek. De linker!'

'Verdorie!' vloekte de koningin. Ze stak vliegensvlug een van haar vlezige handen uit, greep Migorn beet en trok een glimmende dolk tevoorschijn uit haar paarse uniform.

'Laat me los!' riep Migorn. Ze worstelde en verzette zich hevig, maar de koningin was veel te sterk voor haar. Ze drukte de punt van de dolk tegen Migorns keel.

'Als er iemand ook maar in de buurt van mijn onderbroek komt,' zei de koningin, 'snijd ik die lelijke Eckerstrot van dit brutale nest door.'

Juffrouw Dizzel had een zilveren fluitje aan een kettinkje om haar nek hangen. Ze blies er twee keer op. Razendsnel schoten de Dansende Wezen door de kamer en besprongen de koningin.

'Help!' brulde ze. 'Qilly, Staffa, help me! Straks vermoorden ze me nog. Jakkes, dat kietelt! Help me dan!'

Zo snel als het licht gristen de wezen de dolk uit haar handen en redden zo Migorn. Ze bonden de handen en voeten van de koningin vast met de roze linten van hun balletschoentjes, tot ze op de grond lag te kronkelen als een enorme paarse slakkenrollade.

De kleinste wees liep naar Qilly toe. Ze maakte een buiging en stak een vlijmscherp, fonkelend voorwerpje naar hem uit.

'Geef dat terug!' gilde de koningin, worstelend in haar roze linten. 'Je weet niet hoe je hem moet gebruiken!'

'De diamanten zaag!' riep Qilly uit. 'Heb jij die gepakt?' Het kleine meisje knikte verlegen, en hij boog zich voorover om haar een kus te geven. 'Goed gedaan.'

Juffrouw Dizzel blies weer op haar fluitje. De wezen liepen bij de koningin vandaan en stelden zich netjes op. Als soldaten, maar dan in een sierlijke ballethouding.

Anne, Staffa, Migorn en Qilly klapten allemaal.

'Heel goed gedaan, liefjes,' zei juffrouw Dizzel, en haar oude rimpelige gezicht straalde. 'Prinses Nora zou trots op jullie zijn geweest!'

'Dit land is geruïneerd!' gromde de koningin.

Qilly probeerde niet te lachen. 'Moeder, de revolutie is voorbij. Er komen verkiezingen.'

'Nee!'

'Het volk zal een echt parlement kiezen, en de leden daarvan zullen me vertellen wat ik moet doen. En niet andersom. Ik ga alleen nog dingen ondertekenen en medailles uitdelen.'

'Bah! Dat is gewoon walgelijk!'

'Het tijdperk van de democratie is aangebroken,' zei Qilly. 'En ik denk oprecht dat je je beter op je gemak zult voelen als gevangene.'

'Ik wilde je eigenlijk naar het fort sturen,' zei Staffa, 'maar daar is Qilly te aardig voor. Hij heeft de vertrekken van de oude prinses voor je laten opknappen. En dat is meer dan je verdient. Je krijgt meer dan genoeg bedienden om tegen te schreeuwen en zo veel ha-ha-thee als je maar wilt.'

'Je wordt nu onmiddellijk naar je vertrekken gebracht,' vervolgde Qilly, nu wat strenger. 'En voor het geval je overweegt te ontsnappen: je wordt bewaakt door een van mijn beste Nora's.'

Toen deze bewaker de kamer binnen kwam, jammerde de koningin: 'OOK GIJ, HUNKER?'

'Ja, madame,' zei kapitein Hunker, want hij was het. 'Ik heb me al meteen in de eerste week bij de Nora's aangesloten.'

De koningin werd weggedragen door tien hijgende en puffende soldaten. Deze keer applaudisseerden ze allemaal.

Vrijheid

De rest van die dag was één grote roes van geluk en feest-
vieren. Nu Anne wist dat ze naar huis zou gaan, voelde
ze zich eindelijk vrij om zich te amuseren. De straten
van de stad stroomden vol met dansende en zingende
Eckers, en de kraampjes met gubbies deden bijzonder
goede zaken. Het was net alsof je op de kermis rondliep.

Eenmaal in het kasteel zag Anne dat de soldaten
een enorm portret van de koningin omlaaghaalden en
het vervingen door een portret van Qilly waar hij heel
knap op stond. Iemand had een snor getekend op het gezicht van de koningin. In elke kamer die Anne en Staffa
binnen gingen leek een feestje gaande te zijn. Ze liepen
er zeker zes af voordat ze echt te moe werden.

'Anne,' zei Qilly, 'ik wil je nog een gunst vragen. Wil
je hier nog één dag blijven? Mijn vrouw wil graag dat jij
haar hofdame bent, tijdens de kroning.'

'Nou,' zei Anne. Ze wilde erg graag naar huis, maar
Staffa en Migorn keken zo hoopvol en de kroning klonk
zo spannend dat ze zei dat ze nog even zou blijven.

Daar was ze later heel blij om, want het werd een van
de mooiste dagen van haar leven. Staffa en Totty waren
ook hofdame. Ze droegen allemaal lange witte jurken,
met zilveren sjerpen, lange zilveren handschoenen en

zilveren muiltjes. De koning gaf ze ieder een prachtige gouden medaille aan een lange gouden ketting.

Tot haar grote vreugde zag Anne dat Diktoria, getooid met een gouden zadel, meevloog met de Eregarde. Staffa was dolblij, omdat ze naar een echte meisjesschool zou gaan. 'Het is een kostschool op het platteland, en er zijn nog heel veel andere vijfenzestigjarigen. Ik heb er zo'n zin in!'

En Totty straalde zo van geluk dat ze radioactief leek. Ze had de baan van haar dromen gekregen. 'Ik kan het bijna niet geloven!' bleef ze maar zeggen. 'Ik word de persoonlijke bediende van koningin Migorn!'

De kroning vond plaats in de open lucht, op het gazon voor het kasteel, en het was allemaal erg indrukwekkend. De koning had de moedigste Nora's uitgenodigd, en Totty's hele familie had een ereplaats op de eerste rij. 's Avonds was er nog een schitterend kroningsbal. Anne wist dat ze nooit meer zoiets zou zien. De gekooide vuurvliegen, de koetsen die uit notendoppen waren gehouwen en werden voortgetrokken door goudgeschilderde kevers, de sierlijke Dansende Wezen (die een nieuwe dans opvoerden, de 'Koninginneplatwals', waarvoor ze een luid applaus kregen).

Maar ze wilde heel graag naar huis, en de volgende ochtend werd ze ongeduldig en ook een beetje angstig wakker. Stel dat er iets misging?

Totty gaf haar de mensenkleren waarin ze was gearriveerd. 'Ik wilde ze niet in de stookketel gooien, Madanne, hoewel de koningin het had opgedragen.'

'Dank je!' Anne trok snel haar heerlijke, vertrouwde kleren aan. Nu was het tijd om weer mens te zijn. Ze pakte Totty bij de hand en samen gingen ze naar beneden.

Qilly en Staffa wachtten in de hal van het kasteel, onder het enorme portret van de spin Tornado. Qilly droeg zijn moeders zilveren pikhouweel.

'Ben je er klaar voor, Anne?'

'Ja.'

'Dan vrees ik dat het tijd is om afscheid te nemen. Voor de meisjes is het niet veilig om nog verder met ons mee te gaan.'

Dit was een afschuwelijk moment. Anne keek naar Staffa en Totty. De gedachte dat ze hen nooit meer zou zien was werkelijk ondraaglijk. Ze huilden allemaal.

'Vaarwel, Totty!' Anne omhelsde haar. 'Bedankt dat je zo lief voor me was. Ik zal voortaan extra vriendelijk zijn voor veldmuizen.'

'Vaarwel, Madanne.'

Ze klampten zich aan elkaar vast totdat Qilly Anne op haar schouder tikte. 'Het spijt me, maar we moeten een beetje opschieten. Ik wil dit graag zo snel mogelijk achter de rug hebben. Je zult nog wel zien waarom.'

Anne maakte zich los uit Totty's tengere armpjes. Ze keek naar Staffa.

'Ik zal je missen,' mompelde ze. Het leken dwaze woorden, omdat ze nog zo veel meer te zeggen had.

Staffa zei: 'Ik zal jou ook missen, Anne. Doe de groeten

aan de jongens. En aan je ouders. Vergeet je me alsjeblieft niet. Ik zou het fijn vinden als er soms nog iemand aan me denkt, in jouw wereld.'

Anne omhelsde haar. 'Ik zal je nooit vergeten! En hoeveel nieuwe vriendinnen ik ook krijg op de nieuwe school, ik zal nooit meer een vriendin vinden zoals jij.'

'Vaarwel, Anne.' Staffa gaf haar een kus en liet iets in de zak van haar spijkerbroek glijden.

'Wat doe je nou?'

'Dat is je kroningsmedaille,' zei Staffa. 'Als die in je zak zit op het moment dat je de kist verlaat, groeit hij met je mee. Dan heb je een aandenken.'

'O! Dank je wel. Vaarwel dan. Vaarwel, Staffa.'

'Kom, Anne,' zei Qilly, en hij stak zijn hand uit.

Anne keerde haar twee vriendinnen verdrietig de rug toe en pakte zijn hand. Ze liepen naar de poort van het kasteel, waar ze voor het eerst de kist binnen was gekomen. Achter de hoge poort zag ze een heldere, blauw-witte werveling van licht.

'Dat licht komt uit jouw wereld,' zei Qilly. 'Dit is het doorgangspunt.'

De grote kasteelpoort zwaaide open. Een wat ouder Ecker-stel wandelde naar binnen, ieder met een kleine koffer in de hand.

'Mooi zo, precies op tijd. Anne, je herinnert je vast wel meneer en mevrouw Prockwald.'

'Dat vraag ik me af,' zei mevrouw Prockwald. 'Ze heeft ons nooit zonder onze sjaals gezien. Hallo, kindje. O, het is zo fijn om weer gewoon te zijn. De koning is naar onze boerderij gekomen om ons op te halen, zodra de koningin opgesloten zat. Was dat niet aardig van hem?'

Haar echtgenoot zei: 'Hallo, juffrouw Anne. Fijn om u weer te zien.' Hij wendde zich tot Qilly. 'Ik heb de sleutels in de auto laten zitten, Sire. We hebben ook dat mobiele praatding meegenomen, zoals u had opgedragen. Hij ligt op de grond, een paar centimeter van de kist.'

'Bedankt, jullie hebben het heel goed gedaan.'

'En er staat een doos theezakjes op het aanrecht, in de boerderij,' zei mevrouw Prockwald. 'En er liggen wat lekkere, voedzame repen. Ik kan je niet naar huis sturen met een lege maag. Vaarwel, kindje!' Ze gaf Anne een dikke klapzoen, en meneer Prockwald volgde haar voorbeeld. Toen pakten ze hun koffer weer en liepen ze opgewekt het kasteel binnen.

Anne vroeg: 'Wat doen de Prockwalds hier? Wie is er nu in de boerderij?'

'Niemand,' zei Qilliam kalm. 'Ik heb de boerderij afgesloten. Ik wil niet dat er nog langer iemand van ons in de mensenwereld woont.'

'Maar... hoe kom ik dan van het eiland af?'

'Dat zul je wel zien. Niet bang zijn, Anne.'

Qilly hield haar hand stevig vast. Samen liepen ze door de poort en stapten ze op de ophaalbrug. Annes maag maakte een buiteling. Ze voelde zich net een zandkorrel in een zandloper die werd omgekeerd.

Plotseling had ze andere grond onder haar voeten.

Ze stopte, en een huivering liep over haar rug. 'Is dit mijn wereld? Wat is dat grote zilveren gebouw daar?'

'Dat is geen gebouw, dat is de mobiele telefoon,' zei Qilly. 'Die hebben de Prockwalds daar neergelegd, voordat ze naar binnen gingen. Die ga je gebruiken om thuis te komen. Ik heb een brief voor je ouders neergelegd op de keukentafel in de boerderij, waarin ik me verontschuldig omdat ik je achterlaat op een afgelegen Schots eiland.'

Anne keek over haar schouder. Daar stond de beschilderde kist. Hij leek een beetje op een enorm bioscoopscherm. De geschilderde bomen wiegden in de wind, en er dromde allerlei volk rond de geschilderde torens. Maar het was duidelijk dat Anne in een andere dimensie keek.

Qilly bleef Annes hand vasthouden, de hand met de ring eraan. 'Blijf stilstaan, en wees niet bang.' Hij begon met de diamanten zaag de ring te bewerken. Het leek erg lang te duren. Toen de ring eindelijk openknapte, begreep Anne waarom het zo belangrijk was dat ze buiten stonden.

Ze schoot de lucht in. De hemel raasde haar tegemoet, zo snel dat ze bang was haar hoofd te stoten. Ze voelde zichzelf gillen, maar er kwam geen geluid uit haar mond. Ze stond midden in een razende wervelwind.

En toen was alles stil. Alleen was het een nieuw soort stilte, waardoor Annes hart hoopvol opsprong. Er was geen woud van grassprieten, er waren geen gigantische insecten. Ze lag op de kale heuvel, en de beschilderde kist stond te glanzen tussen de twee rotsblokken in.

Ze was weer groot! Ze was terug! Ze wilde lachen en gillen en een radslag maken.

Qilly stond naast haar, en veegde het stof van zijn uniform. Hij had zijn ring afgedaan, en nu was hij net zo groot als normale mensen. Hij zag er alleen niet helemaal normaal uit. Zijn huid was te hard en te wit, en in het gewone daglicht van onze wereld had zijn haar een doffe glans, alsof het van kunststof was.

Hij pakte de mobiele telefoon op. 'Neem die telefoon mee, Anne. Je weet vast wel hoe dat ding werkt. Loop naar de boerderij van de Prockwalds en bel je ouders. Daarna bel je het alarmnummer en vraag je naar de kustwacht. Die halen je dan van het eiland af. Neem vooral iets te eten en te drinken, terwijl je wacht op redding. En als er nog geld in de auto ligt, houd dat dan alsjeblieft. O, en vergeet al die nieuwe kleren niet die mijn moeder voor je heeft gekocht. Die zitten in twee koffers die in de hal staan. Kun je het volgen, zover?'

'Ja.'

'Lieve Anne, voordat je deze plek verlaat, is er nog iets heel belangrijks wat je voor me moet doen.'

Hij overhandigde haar de zilveren pikhouweel van de koningin. Anne wankelde even onder het onverwacht zware gewicht. 'Als ik weer gekrompen ben,' zei Qilly, 'wil ik dat je tot duizend telt. Als je bij duizend bent, moet je de zilveren pikhouweel pakken en de kist aan diggelen slaan. Begrijp je dat?'

'Ik geloof het wel. Je wilt de deur voorgoed achter je dichttrekken.'

Qilly glimlachte. 'Precies. Het was een genoegen je te leren kennen, Anne.' Hij boog zich voorover om een kus op haar wang te drukken.

En toen was hij weg. Anne stond helemaal alleen op die kale heuvel, luisterend naar de wind en het gekrijs van de zeemeeuwen.

Een hele poos bleef ze roerloos staan, omdat ze bang was dat ze de koning per ongeluk zou pletten op zijn terugweg naar de kist. Ze telde tot vijfduizend, om er zeker van te zijn dat ze hem genoeg tijd had gegeven. Toen liep ze naar de stapel rotsblokken, en tuurde ondertussen ingespannen naar de grond.

Ze trok de kist tussen de rotsen vandaan. De schilderingen leken net glas-in-loodramen, met de zon erachter. Lange tijd stond ze ernaar te staren, terwijl ze probeerde de afbeeldingen in haar geheugen op te slaan. Het was tijd om dit prachtige voorwerp te vernietigen, zodat het koninkrijk Eck de gevaarlijke mensenwereld buiten kon sluiten en in vrede kon voortbestaan. Ze moest niet bang zijn dat ze hun wereld kapot zou maken. De kist was slechts een doorgangspunt tussen twee werelden.

'Vaarwel, kist,' zei ze hardop.

Ze zwaaide de zilveren pikhouweel hoog de lucht in en liet hem met volle kracht neerdalen. De kist spatte uiteen in tientallen stukken. Ze bleef hakken met de pikhouweel tot er niets meer van over was dan honderden stukjes hout, die door het gras verspreid lagen als kleurige aanmaakhoutjes.

Anne stopte de zilveren pikhouweel onder haar arm. Vlak voordat ze op weg ging naar de verlaten boerderij, pakte ze een beschilderd stukje hout op. Ondanks al haar angst, en al het gevaar, was dit een ongelooflijke vakantie geweest. Ze wist dat ze er nooit iets over zou kunnen vertellen. Haar herinneringen aan de wereld in de kist begonnen al te vervagen. Het kon vast geen kwaad als ze een souvenir meenam.

Toen ze het stukje hout in haar zak stopte, schoot haar de kroningsmedaille te binnen. Haar vingers sloten zich om iets ronds en hards, gewikkeld in een stuk papier. Anne staarde lange tijd naar de gouden medaille. Hij was nu ongeveer zo groot als een kwartje, en hij zat vast aan een prachtige, ragfijne glanzende ketting. Nooit eerder had Anne zoiets moois gehad. Ze hing hem om haar hals.

Ze streek het stuk papier glad, en zag dat Staffa er iets op had geschreven. De letters waren een beetje scheef, maar goed leesbaar. 'Ik zal altijd van je blijven houden.'

Anne moest een beetje huilen, maar tegelijkertijd vond ze het een troostende gedachte dat iemand in een andere dimensie voor altijd van haar zou houden.

Terwijl ze naar de boerderij liep leek de echte wereld haar te omarmen. Het zou nog een hele klus worden om aan de kustwacht uit te leggen hoe ze daar terecht was gekomen. Ze wist niet eens hoe het eiland heette. En hoe moesten papa en mama haar in vredesnaam komen halen, helemaal in het noorden van Schotland? Hoe moest ze de jongens vertellen dat ze Staffa nooit meer zouden zien?

Niet dat het er allemaal echt toe deed. Het was heerlijk om weer gewone zorgen te hebben. Anne haastte zich langs het steile pad door de heuvels. Haar lange haren wapperden in de frisse zeebries, en er bestond nergens een gelukkiger meisje, in deze wereld of in welke wereld dan ook.

UIT!

Jammer, hè! Heb je genoten van deze Gottmer Junior? Dan wil je misschien nog wel een ander deel lezen uit de reeks.

Heksengefluister

ISBN 978 90 257 3757 3

Sam heeft zich ingesteld op een saaie logeerpartij bij zijn moeder, stiefvader en stiefzusje, maar de vakantie wordt heel wat spannender dan hij had gedacht. Op de heenreis in de trein gebeuren vreemde dingen, en als Sam dan ook nog eens te vroeg uitstapt, belandt hij in een wereld vol magische spreuken, toverdrankjes en vliegende bezems.

Vanaf 9 jaar

Tilly Topspion

ISBN 978 90 257 4127 3

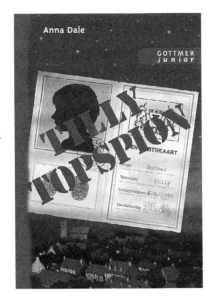

De onopvallende, elfjarige Tilly Bunker leidt een rustig bestaan, tot zij wordt uit- gekozen om deel te nemen aan een supergeheime mis- sie van P.S.S.S.T. (Project tegen Sluwe Spionnen en Stie- keme Types). De gevaarlijke opdracht die Tilly krijgt van deze tak van de geheime dienst zal de hele zomer- vakantie duren. Ze krijgt een nieuwe identiteit en een training op het hoofdkwartier van P.S.S.S.T. in Londen. Onder haar nieuwe naam reist ze af naar een klein plaatsje in Zuid-Engeland om uit te vinden wat de gemene Murdo Mak van plan is en wat er is gebeurd met haar voorgang- ster, die spoorloos verdwenen is.

Vanaf 9 jaar